publication *PN*°1
Bibliothek der Provinz

Rupert Herzog-Löw So HABEN WIR UNS HALT DURCHGESCHLAGEN
herausgegeben von Richard Pils
© ISBN 3 85252 490 3 Verlag *publication PN*°1 Bibliothek der Provinz
A-3970 WEITRA 02856/3794
printed in Austria by Janetschek, A-3860 Heidenreichstein
Titelfoto: Van Muysen »HolzarbeiterInnen in Purkersdorf«
Abgebildete Fotos aus Privatbesitz.

Rupert Herzog-Löw (Hg.)

SO HABEN WIR UNS HALT DURCHGESCHLAGEN

Frauen und Männer
aus Purkersdorf
erzählen aus ihrem Leben

Inhalt

Die menschliche Entwicklung
bietet zwei Möglichkeiten,
die der *Liebe* und die der *Macht*.

Arno Gruen

Einleitung

In vielen Kulturen werden ältere Menschen als die Weisen angesehen und behandelt. Sie nehmen eine zentrale Stellung in der Gemeinschaft ein. Bei uns werden ältere Menschen immer öfter an den Rand der Gesellschaft, in Heime und Krankenanstalten abgedrängt. Viel gelebte und erlebte Erfahrung, viel Wissen, viele Gefühle und Geheimnisse gehen damit verloren.

Um diesem Verlust entgegenzuwirken, habe ich ältere Purkersdorferinnen und Purkersdorfer gebeten, mir ihre Lebensgeschichten zu erzählen.

Der vorliegende Text will keine lückenlose Dokumentation und keine geschlossene Darstellung der Purkersdorfer Geschichte sein. Nicht alle, die Interessantes zu erzählen haben, kommen vor. Nur ein Bruchteil dessen, was mir erzählt wurde, ist enthalten. Es handelt sich um eine kleine Auswahl: an Menschen, an Ereignissen, an Erinnerungen, an Sichtweisen. Jede Auswahl ist auch ein Weglassen, ein Auslassen.

Dennoch sind hier äußerst spannende Geschichten gesammelt. Sie vermitteln interessante Einblicke in den Umgang der Menschen mit ihrem Selbst und mit ihrer Geschichte, in die Purkersdorfer Alltagsgeschichte, in die Geschichte unseres Landes und in ein Jahrhundert der Extreme. Sie lassen uns teilhaben an Ereignissen, die sich in der Vergangenheit zugetragen haben, die aber nicht vergangen sind. Sie wirken fort durch die ungeheure Bedeutung für die, die sie erlebt haben. Sie wirken fort durch die Erzählungen innerhalb der Familien, am Stammtisch, in der Öffentlichkeit. Sie wirken fort durch die Erzähllücken, das Schweigen, durch die Tabus und Frageverbote.

In den Erzählungen finden sich auch widersprüchliche Darstellungen und Einschätzungen ein und derselben Ereignisse. Widersprüche sagen oft mehr als scheinbare Eindeutigkeiten und Übereinstimmungen. Das setzt freilich eine kritische Durchsicht der Texte voraus.

Ich möchte mich recht herzlich bei meinen Gesprächspartnerinnen und Gesprächspartnern bedanken. Sie haben sich viele Stunden Zeit genommen, um mir aus ihrem Leben zu erzählen. Sie haben mir viel Vertrauen und Offenheit entgegengebracht. Ich habe von jeder Einzelnen und jedem Einzelnen viel gelernt.

Die Herausgabe dieser Lebensgeschichten hat sich aufgrund privater Umstände verzögert. Aber was wäre Erinnerung, Gedächtnis und Erzählung ohne Tod und Trauer, vor allem aber ohne die Liebe!

Rupert Herzog-Löw

»Ich konnte mir die Strassenbahn nicht leisten«

Erwin Czernoch, gestorben 2003

Geboren 1923. Seit 1928 lebe ich in Purkersdorf, in der Wientalstraße 54, Postsiedlung. 1946 habe ich geheiratet. 1971 ist meine Frau gestorben. Über meine Tochter habe ich dann meine zweite Frau kennen gelernt. Sie hat den Sohn von meiner zweiten Frau geheiratet. Mit ihr habe ich 25 Jahre zusammengelebt, seit 1997 sind wir verheiratet.

Mit den Zehen gespielt. Und Fußball

Unsere Kinder, die haben wenigstens den Schulautobus. Die haben heute schon viele Möglichkeiten. Jeder hat einen Computer zum Spielen. Ich habe mit den Zehen gespielt. Und Fußball. Den ganzen Tag. Im Winter Schifahren. Da hat's noch keine Overalls gegeben, so wie heute. Gestrickte Strümpfe. Da ist das Eis auf den Strümpfen gehangen. Wir sind nicht krank geworden. Wir sind immer noch gesund. Weil wir immer Arbeit haben. Heute haben alle Kinder Kabelfernsehen. Wir haben nicht einmal ein Radio gehabt. Später haben wir einen Volksempfänger gehabt. Mit dem haben wir immer gespielt, daran herumgedreht.

Der Vater

Mein Vater hat im Ersten Weltkrieg einrücken müssen. Er ist Oberleutnant gewesen, bei den Deutschmeistern. Nach dem Krieg hat er gesagt: »Nein, ich gehe nicht mehr zurück.« Er hat so viel gesehen, im Krieg. Nach dem Krieg ist dann die Arbeitslosigkeit gekommen. Er ist dagestanden ohne Posten. Später hat er einen Posten gekriegt: Er war im Diana-Bad Maniküre und Pediküre. Bis 1955. Da ist er gestorben.

Die Mutter: nach dem Hitler »Halbjüdin«

Meine Mutter hat eine »Singer« Nähmaschinenfiliale in Wien gehabt. Hat alles verkauft: die Wohnung, die Filiale. Und dann haben wir das Haus da gekauft, im 28er-Jahr. Wir sind herausgezogen und es war gerade so ein strenger Winter: minus 20, 25

Grad. Meine Mutter war nach dem Hitler eine »Halbjüdin«. Ihr Vater war Jude. Sie ist nach England geflüchtet. Ausgewandert ist sie mit einer Nichte. Die ist in England geblieben. Die ist auch schon über 80. Mit der haben wir noch Verbindung. Meine Mutter hat in England einen schönen Posten gekriegt in einem Chester-Hotel, ein großes Hotel. Da war sie Kindertante.

Seelisch getroffen

Während des Krieges haben wir keine Verbindung mit ihr gehabt. Das war sehr schwer für mich. Der Vater hat sich dann eine Freundin genommen. Im 45er-Jahr hat die Mutter geschrieben oder telegrafiert. Im 46er-Jahr ist sie wieder zurückgekommen. 16 Kilo Saccharin hat sie mitgebracht. Sie ist auch 1955 gestorben, ein drei viertel Jahr nach dem Vater. Sie sind nicht alt geworden. Mein Vater ist mit 60 gestorben, die Mutter mit 58. Sie waren durch den Krieg seelisch ein bisschen getroffen. Dadurch, dass sie getrennt waren.

Sängerknabe

Ich habe die Volksschule Purkersdorf besucht. Mein Vater hat Beziehungen gehabt nach Heiligenkreuz. Ich habe die Aufnahmeprüfung zu den Sängerknaben gemacht. Aber nicht in Heiligenkreuz, da war mein Bruder. Dort haben sie keinen Platz mehr gehabt. Ich bin mit zehn Jahren nach Klosterneuburg gekommen, als Sängerknabe. Ich war dort vier Jahre lang. Dann hatte ich den Stimmwechsel.

Lehre

Im 38er-Jahr bin ich nicht mehr ins Kloster gegangen. Ich bin nach Wien ins Gymnasium gekommen, habe nicht gut gelernt und bin geflogen, in Griechisch und Latein. Mein Vater hat gesagt: »Na, musst was lernen.« Also habe ich eine Lehre angefangen. Im dritten Bezirk. »Kolben-Kraus« hat der geheißen. Eine große Firma, die für Autos Kolben und Lager gemacht hat. Und alles, was zur Motoreninstandsetzung gehört hat. Damals hat ja ein Motor nur 30.000, höchstens 50.000 Kilometer gehalten. Ich habe dann meine Gesellenprüfung gemacht.

Kein Geld für die Straßenbahn

Ich bin jeden Tag von hier mit dem Radl in den dritten Bezirk gefahren. Warum? Weil ich so wenig Geld hatte, dass ich mir die Straßenbahnfahrkarte nicht kaufen konnte. Ich habe drei Schilling fünfzig verdient in der Woche. Und die Wochenkarte hat vier Schilling gekostet. Mein Vater hat mir um 29 Schilling ein Fahrrad gekauft. Und das haben mir dann die Russen gestohlen.

Der Bruder Alfred

Mein Bruder, Alfred, war zwei Jahre älter. Er hat Matura gehabt und studiert. Er ist zur Gemeinde Wien gekommen. Die hat ihn dann zur Gemeinde Purkersdorf abgegeben. Hier war er Finanzdirektor, ich glaube bis 1983/84.

Urlaub mit hundert Schilling

Wie wir so fünfzehn, sechzehn Jahre alt waren, hat es sehr sehr viele Schwammerln gegeben. Da hat die Mutter gesagt: »So viele brauch ich nicht. Geht sie verkaufen.« Sind wir zu den Nachbarn gegangen und haben sie verkauft. Eh billig, um einen Schilling. Da haben wir hundert Schilling zusammengebracht. Mit den hundert Schilling sind wir mit dem Radl vierzehn Tage ins Salzkammergut gefahren. Überall waren wir: in Gmunden, am Attersee, am Schafberg. Zeitig in der Früh, um vier Uhr, sind wir aufgestanden. Auf den Schafberg rauf. Von unten sehen wir, dass da so viele Leute oben stehen. Sagen wir uns: »Das gibt's doch nicht, wir sind doch die Ersten.« Oben sind wir erst draufgekommen, dass die Zahnradbahn raufgeht.

Hendln, Hasen, Enten, Gansln, Truthendl

Meine Mutter hat Hendln gehabt, Hasen, Enten. Wir haben 40 Hasen gehabt. Gansln haben wir auch gehabt. Der Gänserich hat mich einmal ins Wadl gezwickt. Die Hendln sind immer im Wald herum gewesen. Ist der Förster gekommen und hat geschimpft: »Was machen Ihre Hendln im Wald?« Hat die Mutter gesagt: »Was macht Ihr Fuchs in meinem Stall?« Ist er wieder gegangen. Ein Truthendl haben wir auch gehabt. Eines Tages war das Truthendl fort. Nach zwei, drei Tagen ist es wieder gekommen. Hat sich angefressen und war wieder weg. Wieder zwei, drei Tage nicht gekommen. Ist ihm der Vater nach, wo es hin ist. Hat es im Wald oben ein Nest gehabt – mit zwanzig, dreißig Eiern. Die hat der Vater dann runtergeholt und im Garten ein Nest gebaut.

Unser Hund

Einen Hund haben wir auch gehabt. Sie haben ja auch früher überall eingebrochen. Es gab ja Arbeitslosigkeit. Der Hund war auch gut für die Hendln. Zwei, drei Hendln haben wir immer durch den Fuchs verloren. Seit wir den Hund gehabt haben, haben wir keine Hendln mehr verloren. Die Hendln sind oft in den Wald. Auf einmal gackert eine. Der Hund rauf. Bringt er eine Äskulapnatter daher. Mein Vater hat sie erschlagen und für die Hendln zerhackt. Die Hendln haben sie gierig aufgefressen.

Gemüsegarten

Und einen Gemüsegarten haben wir gehabt. Den hat jeder gehabt. Dadurch, dass so viele Pferde waren, hat uns unser Vater immer geschickt, mit der Scheibtruhe, die Rossäpfel einzusammeln. Für den Garten, für die Gurken und so. Mein Großvater hat überhaupt nichts gekauft. Der war Holzhacker. Der hat das ganze Jahr Zwiebel, Erdäpfel, Milch gehabt. Am Sonntag hat's Fleisch gegeben. Einmal die Woche. Es ist immer mit Schmalz gekocht worden. Zur Jause haben wir ein Schmalzbrot gekriegt. Kühlschrank haben wir keinen gehabt. Den hat's erst viel später gegeben.

Der Wienerwaldsee

Aus dem Dambachtal haben sie den Lehm abgegraben und raufgeführt zum Wienerwaldsee. Damit haben sie den Damm gedichtet. Das Wasser haben sie nach Wien verkauft. Das Wasserwerk haben sie ja für Nutzwasser gebaut. Da war eine Leitung vom Wasserwerk bis zum Westbahnhof. Das Wasser hat die Bahn gebraucht. Damit haben sie die Lok gespeist. Die Westbahn war ein Dampfbetrieb. Und die haben unheimlich viel Wasser gebraucht. Da hat's entlang der Bahn riesige Wasser-

Erwin Czernoch, 1998

speicher gegeben. Früher hat das Wasserwerk einer belgischen Gesellschaft gehört. Die hat natürlich so viel zurückgehalten wie möglich, damit sie viel Wasser zum Verkaufen gehabt haben. Sie haben das Wasser so lange zurückgehalten, bis der See ganz voll war. Dann ist er übergegangen und sie haben die Schleusen aufgemacht. Das haben sie mindestens fünfmal gemacht. Die halbe Postsiedlung ist unter Wasser gestanden. Der alte Menschik ist bis zum Hals im Wasser gestanden. Den haben sie mit der Feuerwehr herausgeholt.

Der Steinbruch

Da hinten im Dambachtal ist ein Steinbruch. Wie ich ein Kind war, war der Steinbruch noch in Betrieb. Der war bis zum 45er-Jahr in Betrieb. Der Steinbruch hat einem gewissen Mahr gehört. Und zwar haben die Steine gemacht für die Straße. Die Straßen waren damals nur Sandstraßen. Die meisten Straßen heute waren ja überhaupt nur Wiesen. Im Steinbruch sind sogar

Frauen gewesen, die die größeren Steine mit der Hand zerschlagen haben. Die haben da vorne beim Sulzer gewohnt. Der Sulzer war der Meister. Im Steinbruch waren im Krieg Baracken von den Deutschen. Da war Munition gelagert. Die Russen haben das dann angezündet. Eine ganze Woche hat's da hinten gekracht. In der ganzen Umgebung sind Eisenstückl herumgelegen.

Die Kracherlfabrik

Der Mahr hat auch eine Sodawasserfabrik gehabt, Kracherl und Sodawasser selbst gemacht. Der hat die ganzen Greißler und die Gasthäuser beliefert. Wenn wir zu dem gegangen sind und gesagt haben: »Herr Mahr, können wir ein Kracherl haben?«, hat er gesagt: »Ein Kracherl? Da habt's ein Wasser.« Und wenn wir um ein Wasser gefragt haben: »Ein Wasser wollt's? Da habt's ein Kracherl.« Das war sein Prinzip. Der Mahr hat das Sodawasser und die Kracherl mit den Pferden ausgeführt. Der hat 40 Paar Pferde gehabt.

Unterm Hitler

Dann ist der Hitler gekommen. Wir haben im Betrieb weitergearbeitet. Wir haben für die Flugzeugwerke Kolben gemacht. Während dem Hitler haben wir von sieben Uhr in der Früh bis in die Nacht hinein gearbeitet. Auch sonntags. 70 Stunden. Da hat's keinen Samstag und keinen Sonntag gegeben. In unserem Betrieb waren nicht nur Österreicher. Wir haben Franzosen, Engländer und bei den Bohrmaschinen russische Frauen gehabt. Die Engländer, die haben nur 45 Stunden gearbeitet. Die waren vom Roten Kreuz geschützt. Die russischen Frauen nicht. Die haben mit uns gearbeitet. Unser Chef, der hat einen eigenen Mann angestellt gehabt, einen Älteren, der ist aufs Land hamstern gefahren. Für ihn. Der Zug ist immer gefahren. Auch während dem Hitler. Das war die einzige Verbindung. Die Autobusse haben sie langsam eingestellt, weil kein Sprit da war.

»Nicht zu verwenden«

Ich war belastet – »n.z.v.«, das heißt »nicht zuverlässig«. Das war ich durch die Mutter. Hat mich mein Chef – obwohl er ein

Botzn Nazi war – immer vom Militär entheben können. Mein Bruder war eingerückt. In Tschechien, Polen, Frankreich und dann nach Russland.

Es hat sich nichts abgespielt

In Purkersdorf war der Bürgermeister Nazi. Der hat auch in der Postsiedlung gewohnt. In Purkersdorf hat sich nichts abgespielt. Du hast keinen Wein gekriegt. Du hast nichts zum Essen gekriegt. In den Gasthäusern. Da waren früher ja viel mehr in Purkersdorf. Der Dorfinger. Dort, wo jetzt der Libro ist, da war der Brandstätter. Und vor dem Brandstätter war ein kleines Kaffeehaus. »Café Blut« haben's gesagt, weil sie dort so viel gerauft haben. Da sind die Leute von der Bahn heruntergekommen. Der Magenbauer, wo dann das Volkshaus war. Und ein Kino. Das war was. Das einzige Vergnügen war das Kino. Das hat's schon gegeben, wie ich noch ein Bub war.

Mit den Russen Karten gespielt

Die Russen waren hier in diesem Haus, in der Wientalstraße 54. Draußen haben sie so Gulaschkanonen gehabt. Die haben die Schweindln geschlachtet, nur den Darm herausgegeben und die Schweindln geräuchert. Aber die haben keine Innereien gegessen. Das Herz, die Leber, das haben sie uns geschenkt. Ich habe schon nicht mehr gewusst, was: eine geröstete Leber, eine saure Leber, eine gebackene Leber. Jeden Tag haben wir eine Leber gekriegt. Jeden Tag haben die gekocht. Am Anfang sind sie mit der Pistole hereingekommen, haben sie mir angesetzt und gesagt: »Du Soldat, du Soldat.« »Na, nix, ich zivil.« Am Abend haben wir schon miteinander Karten gespielt. Schnapsen haben sie alle können. Wir haben uns gut verstanden mit den Russen.

Nach dem Krieg

Ich habe mir dann eine Arbeit in Purkersdorf gesucht. Im 50er-Jahr habe ich die Meisterprüfung gemacht. Dazwischen, im 46er-Jahr, habe ich geheiratet, weil ein kleines Butzerl unterwegs war. Vier Kinder haben wir gehabt. Die sind alle in Purkersdorf, eine in Pressbaum. Ich habe bis zur Pensionierung als

Mechaniker weitergearbeitet. Bei verschiedenen kleinen Firmen. So habe ich mich halt durchgeschlagen. Mit Punkt 60 bin ich in Pension gegangen.

Die Postsiedlung

Wenn Sie durch die Postsiedlung gehen und schauen: Die kleinen Duckhäuser, das sind die alten Häuser. Früher haben sie kleine Häuser gebaut: Vorzimmer, Küche und Zimmer. Die Postsiedlung waren nur Postler. Die haben die Postler gegründet. Und bis zum Jahre 28 haben die Postler nicht verkaufen können. Wir waren die Ersten, die nicht Postler waren. Rundherum lauter Postler.

Früher ist der Bäcker in die Siedlung gekommen. Mit dem Radl und Bucklkorb. Er hat die ganze Siedlung mit Brot und Milch versorgt. Obwohl wir zwei Greißler in der Siedlung gehabt haben! Nach dem Krieg hat das Greißlersterben angefangen.

Die »Wien«: baden …

Drunten in der »Wien« war es früher schön zum Baden. Schönes Wasser. Wir haben uns immer Schwellen gebaut. Einen drei viertel Meter haben wir die Wien aufgestaut. Jetzt kannst du in der »Wien« nicht mehr baden. Das ist ein totes Wasser, das von der Kläranlage runterkommt.

… und fischen

Die Natur hat sich verändert. Mein Bruder hat in der »Wien« hinter die Steine gegriffen und große Weißfische gefangen. Die haben wir natürlich gebraten. Weißfische, Grundler, Elritzen, sogar kleine Krebserl im Dambachtal – die sind alle verschwunden. Einmal haben wir sogar einen Karpfen gefangen. Der ist vom Wienerwaldsee runtergekommen. Die kleineren Fische hat der Vater zusammengehackt für die Hendln. Das war ein gutes Futter. Jetzt haben wir Enten. Aber heute kümmert sich niemand um die. Früher ist der Neunteufel gekommen und hat sie geschossen. Früher war da auch eine Quelle. Eiskalt. Die ist verschwunden.

»Die haben die Greisslerei zerstört«

Mag. Rudolf Dewanger

Meine Familie ist nachweisbar seit 1779 in Purkersdorf. 1929 wurde ich in Wien geboren. Schon damals gingen Frauen nach Wien entbinden. Ich wuchs aber in Purkersdorf auf.

Autoritäre Erziehung

Damals war Purkersdorf eine Gemeinde von 3000 Einwohnern. Es hat sich sehr viel in Purkersdorf gewandelt. Schon einmal die Erziehung. Sie war fast in jeder Gesellschaftsschicht autoritär. Man hatte Respekt vor seinen Eltern und Großeltern. Wenn man frech war, hat man die »verdiente« Ohrfeige gekriegt. Es ist oft nicht bei einer geblieben, wenn die Frechheit etwas größer war. Ich kann mich noch erinnern, ab April gingen wir alle bloßfüßig in die Schule. Aber nicht deshalb, weil wir dazu Lust hatten, sondern weil Schuhe ein Gegenstand waren, der etwas gekostet hatte und auch bei Ärmeren genauso wie bei Geschäftsleuten und mittleren Erwerbstreibenden schwer zu erwerben war. Auch bei der Kleidung gab es nur das Sonntagsgewand und das Alltagsgewand. Und trotzdem hatten wir eine Jugend, wo uns die heutige nur beneiden kann.

Kindheit

Wir erlebten auch so richtig die Jahreszeiten. Mitte November kam der leichte Schnee, der sich immer mehr verdichtete und kaum durch Tauwetter unterbrochen wurde. Zum heiligen Nikolaus hatten wir bereits Winter. Mit Ausnahme 1939 war es so. Da bekam ich Schi zum Christkind und konnte zu den Feiertagen absolut nicht Gebrauch davon machen.

Nikolaus, Weihnachten, Ostern

Damals war der Nikolaus natürlich kein Fest wie heute. Das waren Familienfeste. Da kam der bärtige Mann, gewöhnlich eine Tante oder ein Onkel. Die Krampusmanie hat sich erst nach dem Krieg so richtig breit gemacht. Was bekamen wir? Nicht große

Spielzeuge mit entsprechenden Preisen. Äpfel, Birnen, Nüsse – und Traubenzuckersüße. Und wenn man dann noch Hausschuhe dazubekommen hat – das war unbeschreiblich. Und ähnlich war auch das Christkind. Wenn man damals eine Eisenbahn bekommen hat – mit der Feder zum Aufziehen –, war das Glücksgefühl nicht vergleichbar mit heute. Zu Ostern gingen wir Buben ratschen. Der Osterhase hat ein paar Eier und Süßigkeiten gebracht. Vielleicht auch ein Hemd. Die Ferien haben wir natürlich nicht im Ausland, sondern auf unseren Wiesen und im Wald verbracht. Es war eine schöne Zeit, ohne Autos und ohne Gejage und Gehetze, was ja heute auch bei Kindern eine nicht unbedeutende Rolle spielt. Wir lebten auf unsere Art in den Tag hinein.

Die Familie Riedmüller

Es war nach dem Krieg. Die Familie Riedmüller war damals eine der reichsten Familien in der Umgebung, die nur Arbeit gekannt haben. Die hatten bei 200 bis 250 Leute gehabt. Der Poidl Riedmüller kommt aus Gastein. Sagt er zu seinem Direktor: »Hören S', ein Grund in Gastein gefällt mir. Da möchte ich mich einmal im Alter niederlassen. Erkundigen Sie sich, wem das gehört, vielleicht ist es zum Kaufen.« Nach ein paar Wochen fragt man ihn, ob er schon gekauft hat. Sagt er: »Der gehört mir eh schon seit drei Jahren.« So erzählte man es mir.

März 1938: Der Vater wird verhaftet

Dann kam das Jahr 1938. Mein Vater war unter Schuschnigg hoher Politiker. Und da hat man, wie meine Mutter oft sagte, die Menschen kennen gelernt. Eines weiß ich: Mein Vater hat zu dieser Zeit nie einem Menschen, einem Mitbürger, seine politische Ansicht krumm genommen, noch dass er jemand daraus Konsequenzen erwachsen ließ. Wo er konnte, hat er geholfen. In der Früh des 13. März 1938 wurde er von Mitbürgern verhaftet. Wie einen Schwerverbrecher haben sie ihn abgeführt. Ich war damals neun Jahre. Zwei Stunden später ist er wieder nach Hause gekommen. Man konnte ihm, trotz böswilligster Absichten, nichts nachweisen und konnte ihn in kein Konzentrationslager verfrachten. Aber als schwer Zuckerkranker musste er 1940 43-jährig zur deutschen Wehrmacht einrücken, von wo er nicht mehr zurückkehrte.

Die Nationalsozialisten in der Luftschutzschule

Wo der Buchhändler heute ist, war die Luftschutzschule. Die »Eimerkette«. Da hat es extra Eimer gegeben. Und alle zehn Schritte ist einer gestanden und hat den Eimer weitergegeben. Das hat man alles in der Luftschutzschule gelernt. Das hat sich aber bei uns nicht bewährt. Und da hat's natürlich ein paar besondere Leute gegeben, die waren dann Dozenten in der Luftschutzschule.

Mein bester Freund: Norbert Kuhn, »Halbjude«

Wir haben einen Halbjuden gehabt, meinen besten Freund – vom Blaschek-Greißler der Enkelsohn – der Kuhn Norbert. Die Buben haben damals »Saujud« zu ihm gesagt. Er ist zum Lehrer gegangen. Der hat gemeint: »Das hat in der Schule nichts verloren.« Die Familie Blaschek ist auf die Wiener Straße hinunter deportiert worden. Eines Tages, in den 40er-Jahren, sind sie abgeholt worden. Der Norbert ist noch nach England. Er hat mir einmal geschrieben, doch nach meiner Antwort ist der Kontakt leider abgebrochen. Das war in den 50er-Jahren.

Das Geschäft zerstört

1938 war ich beim Norbert spielen. Auf einmal ein Geschrei in dem Geschäft. Kommen einige Purkersdorfer Nationalsozialisten und hauen alles aus den Regalen raus, treten ins Mehl. Der alte Blaschek war ein gutherziger Mensch. Er sagte zu einem von ihnen: »Können Sie sich noch erinnern, wie ich Ihrer Mutter immer geholfen habe?« Der Blaschek hat immer aufschreiben lassen. Die Antwort: »Was geht mich das an? Einen Dreck.« Die Kuhn Elsa, die Mutter vom Norbert, hat mich damals nach Hause geführt.

Der alte Blaschek

Der alte Blaschek, der hohe Auszeichnungen aus dem Ersten Weltkrieg hatte, war Besitzer einer kostbaren Markensammlung. Er war ein sehr guter Mensch und auch der typische jüdische Geschäftsmann. »Was brauchen Sie? Nein, das habe ich nicht, aber ich werde es besorgen.« Und er hat es besorgt, um billiges Geld. Darum ist man wieder hingegangen. Er und seine Frau Irma waren tüchtig und herzensgut.

Spießrutenlauf

Natürlich war zu Zeiten des Umbruchs für meine Eltern jedes Entfernen von der Wohnung ein Spießrutenlauf. Wenn meine Mutter oder mein Vater auf der Straße gegangen sind, hat sie niemand angeschaut. Manche haben in die Luft gesehen, damit sie ja nicht grüßen oder zurückgrüßen müssen. Eines muss ich sagen: In der Schule habe ich es eigentlich nicht gespürt.

Schulalltag

Wie wir in der Systemzeit zur Schule gegangen sind, begann der Unterricht zunächst mit einem Kreuzzeichen und einem Gebet. Wobei auch der Religionsunterricht damals Pflicht war. Wir hatten auch unsere Jugendbewegungen damals. Einerseits der »Christlich-deutsche Turnverein«, wo die Buben von sechs bis zehn aufgenommen wurden. Meines Erachtens ist aber im Unterricht nie über eine politische Zielsetzung gesprochen worden. 38 war es sofort anders. In der Früh kam der Lehrer herein, wir mussten strammstehen. Er grüßte »Heil Hitler«, wir grüßten mit erhobener Hand zurück »Heil Hitler«. Dann wurde je nach Begeisterung des jeweiligen Lehrers der Gegenstand mehr oder weniger gespickt mit politischem Hintergrund vorgetragen. Wenn der Unterricht zu Ende war, wurde auch wieder zackig gegrüßt. Das war so der Schulalltag.

Kritische Jugend

Wir hatten in der Oberschule einen großen Festsaal. Und wenn Sondermeldungen waren, Hitlers Geburtstag oder Führeransprache oder irgendetwas, ist in der Mitte ein großer Radioapparat gestanden. Sind wir alle gesessen und haben natürlich die Führerrede anhören müssen. Wir haben das nicht mit besonderer Begeisterung gemacht. Man darf nicht vergessen, dass Hitler die größten Gegner im Nachwuchs gehabt hat. Das wird heute nicht richtig interpretiert. Ja, ein paar. Na natürlich, bei der HJ war schon mancher begeistert dabei. Warum? Weil da ist schon sehr viel Abenteuer und Spaß dabei gewesen. Sehr viel politische Pfadfinderei.

Feindsender gehört

Das deutsche Jungvolk, das waren die »Pimpfe«. Später dann bei der HJ, ab 14 Jahre. Wenn man bei einer Zusammenkunft – das hieß Dienst – nicht war, wurde das sofort an die Schule berichtet. Wir hatten sehr viele Mitschüler, die aus absolut nationalsozialistisch geprägten Familien gekommen sind. Viele davon haben erzählt, wie sie am Abend den Engländer, den Feindsender, gehört haben. Einmal war wieder so eine Führerrede. Haben wir im Radio den Engländer eingestellt. Dann ist der Direktor mit dem Ko-Direktor eingezogen und hat das Radio eingeschaltet. »Hier spricht England.« – Allerdings unter großen atmosphärischen Störungen. Na, bumm. Der ist wie eine Rakete aufgesprungen.

Fliegerangriffe und Lebensmittelmarken

Der Krieg war in Purkersdorf nicht anders als irgendwo. Wir waren zwar durch die Fliegerangriffe beeinträchtigt. Es fielen 1944 Bomben in der Baunzen, die aber meines Wissens keinen Schaden angerichtet hatten. Der Kriegsalltag war durch die Lebensmittelmarken sehr koordiniert. Obwohl man hungern musste, wenn man nicht entsprechend gehamstert hatte – das aber mit drakonischen Strafen geahndet wurde. Ich erinnere mich noch an die blauen Fleischmarken, die braunen Brot- und Mehlmarken, die gelben Fettmarken. Mit 50 Gramm pro Abschnitt eingeteilt. Und dann die so genannte »Aufrufkarte«, die mit Nummern versehen war. Das hat geheißen, wenn es einmal beim Greißler Äpfel oder Radieschen oder sonstiges Gemüse gab, so war die Nummer von da bis da zum Bezug dieser oder jener Ware aufgerufen. Ähnliches beim Fischgeschäft.

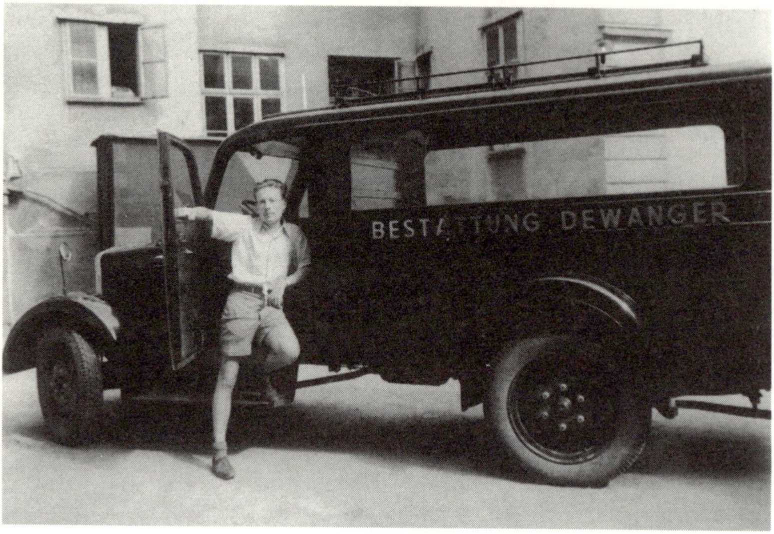

Rudolf Dewanger mit Bestattungswagen, 1947

Bestattungsunternehmen im Krieg

Für uns war das als Bestattungsunternehmen sehr sehr schwer. Aber da meine Mutter niemanden hatte, musste ich ihr schon früh geschäftlich helfen, mit 14, 15 Jahren, neben der Schule. Das Schrecklichste waren die Bombenangriffe. Wir mussten auch in Wien – Purkersdorf gehörte ja damals zu Groß-Wien – bei Bergungen von Leichen Arbeit leisten. Autos hat es damals kaum gegeben. Wir hatten noch unser Pferdefuhrwerk. Viele alte Purkersdorfer werden sich noch an unseren großen Leichenwagen erinnern, wo wir sechs Särge hineingebracht haben. Oder auch den kleinen Leichenwagen, genannt das »Bäckenwagl«, wo nur ein Sarg unterzubringen war.

Albträume

Wir waren damals ein kriegswichtiger Betrieb. Das Schwerste allerdings war, wenn wir eingeteilt waren, ins Landesgericht zu fahren, die »Justifizierten« zu holen. Unsere Firma war so alle zweieinhalb, drei Monate dran. Es war furchtbar. Ich war damals

15 Jahre alt. Das waren Eindrücke, die das ganze Leben prägen und umso mehr jetzt im Alter herauskommen. Ich kann oft nicht schlafen in der Nacht, wenn mich Albträume in dieser Hinsicht verfolgen. In der Jugend ist es gegangen, aber jetzt ist es sehr sehr schwer. Das kommt jetzt heraus. Übrigens wurde auch eine Purkersdorferin hingerichtet, allerdings auch verschuldet. Eine Briefträgerin, die Feldpost gestohlen hatte.

Einrücken zum letzten Aufgebot. Mit 15 Jahren

Dann musste ich einrücken, zum letzten Aufgebot. Ich machte von Budapest den Rückzug mit. Im Oktober bin ich eingerückt und an meinem 16. Geburtstag bin ich auf der Knödelhütte, ganz in der Nähe von Wien, wo ich stiften gehen wollte, angeschossen worden. Ich bin am Rücken, am Arm sowie durch einen Lungensteckschuss schwer verwundet worden und ins Rainer-Spital – damals Reserve-Lazarett 10 – gekommen.

Menschlichkeit

Es hat schon einige gegeben, die mir in ihrer Menschlichkeit unvergesslich bleiben werden. Beispielsweise der ehemalige Ortsgruppenleiter Steinböck. Ich glaube, er war Ortsgruppenleiter bis zum Umbruch 1945, Eisenbahner. Als meine Mutter die Todesnachricht meines Vaters erhielt, dachte sie, vielleicht wäre es möglich, ihn nach Purkersdorf zu überführen. In der höchsten Not ging meine Mutter zum Steinböck. Er sagte meiner Mutter: »Fahren Sie nach Glatz« – im Lazarett dort starb mein Vater – »bis Sie dort sind, wird auch der Leichenwaggon dort sein.« Und so war es.

Ungeheurer Alkoholvorrat

Damals ist in manchen Gasthäusern viel Wein verblieben. Bevor die Russen gekommen sind, hätte man diesen Alkoholvorrat unter der Bevölkerung verteilen müssen. Die haben dann Tag und Nacht getrunken. Und dann wurden viele Frauen und Mädchen vergewaltigt. Es haben sich damals – so meine Mutter – Hausgemeinschaften zusammengetan, die sich bei Einbruch der Dunkelheit getroffen haben, um sicherer zu sein.

Gerichtsbarkeit der Besatzungsmacht

Es hat aber hier in Purkersdorf seitens der Besatzungsmacht auch eine Gerichtsbarkeit gegeben. Das muss auch zur Ehre gesagt werden. Es hat einige Fälle gegeben, wo Purkersdorferinnen Besatzungssoldaten angezeigt haben. Neben der Bestattung hier war die Fahrschule. Dort hat das Gericht getagt. Ein Feldgericht. Soldaten und Offiziere, die als Vergewaltiger erkannt wurden, bekamen eine Pistole in die Hand gedrückt, mit dem Auftrag sich zu erschießen.

Josef Zurek

Bald wurde Josef Zurek als Ortsältester von den Russen eingesetzt. Er selbst war nie Kommunist, sondern neigte eher dem sozialdemokratischen Flügel von 1934 zu. Aber er konnte hervorragend Russisch. Und so hat er es mit einer gewissen Raffinesse, die man damals haben musste, geschafft, dass er selbst bei den Russen populär war. Und diese Popularität nützte der gesamten Purkersdorfer Bevölkerung. Er hat es dann zustande gebracht, dass die russische Kommandantur für unsere Gegend, die den Sitz in Purkersdorf hatte, ungefähr Anfang 50 nach Baden abgezogen ist.

Die Purkersdorfer Juden

Wir hatten etliche Geschäftslokale, wo Juden Inhaber waren. Die Nationalsozialisten haben überall aufgeklebt: »Kauft nicht bei Juden«, »Jüdisches Geschäft« und so weiter. Da ist der Blaschek gewesen. Dann hatten wir in der Linzer Straße den Nietzsch oder so ähnlich. Das war auch ein Lebensmittelgeschäft. Die Gärtnerei Stein in Deutschwald. Die mussten gleich am Anfang, so zur Jahreswende 38, zusperren. Und manch andere.

Das hat man doch gewusst

Sie wurden irgendwohin übersiedelt und dann hat's eines Tages geheißen: »Ja, die sind abgeholt worden, die werden verschickt.« Es sind doch Witze kursiert, mit der Asche aus Dachau. Das hat man doch gewusst.

Panik vor den Russen

Dem alten Herrn Kauper verdanke ich sehr viel. Als ich eingerückt war und im Lazarett gelegen bin, haben viele Leute durch die vorrückenden Russen Panik bekommen. Und so haben viele beschlossen sich umzubringen. Auch Freunde meiner Mutter. Die sind eines Tages mit meiner Mutter beim Kauper vorbeigegangen. Dort sagten sie zu meiner Mutter: »Komm, jetzt gehen wir, deinen Buben siehst du sowieso nicht mehr. Jetzt vergiften wir uns.« Und der alte Kauper – der Vater vom Kauper Hansl – hat gesagt: »Passen Sie auf. Sie können machen, was Sie wollen, aber die Frau Dewanger bleibt da. Ich weiß, die wird ihren Buben, den Rudi, wiedersehen.« Er hat sich vor sie hingestellt und sie nicht gehen lassen. Drei Personen dieser Gesellschaft haben sich umgebracht. Fast wäre meine Mutter auch dabei gewesen.

1945: viele Selbstmorde

Es hat nach 45 sehr viele Selbstmorde gegeben. Ich kenne nur die prominenten Familien. Auf der Gemeinde am Standesamt gibt es Aufzeichnungen. Da brauchen Sie das Jahr 45 nur durchblättern. Damals war das noch aufgeschlüsselt, die Todesursache auf der Sterbeurkunde. Das hat immer geheißen: »Selbstmord in Sinnesverwirrung«, und somit sind sie eingesegnet worden.

Die Familie Dr. Felzmann

Dr. Felzmann, unser Hausarzt. Er hatte Zwillinge, ein Mädl und einen Buben, 26er-Jahrgänge. Ich war mit seinem Sohn sehr befreundet. Der war einige Jahre älter als ich. Als die Russen gekommen sind, haben sie angeblich sofort seine Frau und die Tochter vergewaltigt. Dr. Felzmann und der Sohn, der gerade, wie man mir erzählt hatte, von der Wehrmacht abgehauen ist, haben im Feuergefecht einige beteiligte Russen und später die ganze Familie samt dem Hund erschossen.

Die Familie Dr. Kröcker

Der Pfarrer Dr. Kröcker. Ein sehr gescheiter und beliebter Pastor in Purkersdorf. Wie es sich gehört für Pastoren-Familien: sehr kinderreich. Acht oder neun Kinder waren da. Seine Frau war in

Purkersdorf Ärztin. Äußerst beliebt und tüchtig. Es ist damals in Purkersdorf die Mär gegangen, alles, was reichsdeutsch ist, wird sofort umgebracht, wenn die Russen kommen. Er war Reichsdeutscher. Aber schon sehr assimiliert hier in Österreich. Das dürfte ausschlaggebend gewesen sein, dass diese Familie beschlossen hat, aus dem Leben zu gehen. Die Frau Dr. Kröcker hatte ihrem Mann und allen ihren Kindern Gift injiziert. Und zum Schluss hat sie sich und der Winfried, der Älteste, am Dachboden erhängt. Furchtbar.

Die Familie Dr. Barker

Dr. Barker, Tierarzt. Die haben eigentlich die Russen umgebracht. Hier dürfte es sich um eine Denunziation gehandelt haben. Sie haben keinem Menschen etwas getan. Überhaupt, wenn man so denkt: die »bösen« Nazi von Purkersdorf. Ich kenne keinen bösen Nazi, der etwas getan hätte. Ja, manchmal sind Grotesken herausgekommen ...

Purkersdorfer Legenden: G'schichten aus dem Wienerwald

Ich habe natürlich vieles zu Ohren bekommen, was teilweise Legenden sind, vielleicht auch Dichtung und Wahrheit. Aber die Grundsubstanz stammt aus dem Purkersdorfer Gesellschaftsleben. Und dies soll der Nachwelt erhalten bleiben!

Der Tod des Herrn von Holaubek

Da hat es einmal einen Herrn von Holaubek gegeben. So um die Jahrhundertwende. Angeblich soll er in der Herrengasse gewohnt haben. Er scheint ein sehr begüterter Mensch gewesen zu sein. Damals war man schon mit 50 ein Greis. So rief er seine Haushaltshilfe: »Es dauert noch zwei Stunden, bringen Sie mir einen Kaffee.« Nachdem er den Kaffee getrunken hatte, meinte er: »Noch eine Stunde.« Dann hat er gemeint: »Bringen Sie mir noch dies und bringen Sie mir noch das.« Die Haushaltsgehilfin hat dann auf eigene Faust den Pfarrherrn geholt. Herr von Holaubek zu seiner Haushaltsgehilfin: »Geben Sie dem Mann einen Gulden und schicken Sie ihn wieder nach Hause.« Kurz danach meinte er: »Noch 15 Minuten.« »Noch zwei Minuten.« »Noch eine Minute.« »Jetzt ist es aus.« Und tatsächlich soll es so gewesen sein.

Ein Mord in Purkersdorf

Wir haben einmal einen Mord gehabt. Es dürfte sich in den 20er-Jahren abgespielt haben. Da hat es in Purkersdorf einen Kirtag gegeben. Ein Purkersdorfer soll mit einer getanzt und der schöne Augen gemacht haben. Jedenfalls, wie er nach Hause gekommen ist, um zwei, drei in der Früh, ist in seinem Zimmer einer gestanden und hat ihn niedergeschossen. Das war damals eine Sensation in Purkersdorf. Natürlich ist der Mörder nie gefunden worden.

Der Schranken und die Feuerwehr

Mein Urgroßvater, Karl Dewanger, war Mitbegründer und Kommandant der Purkersdorfer Freiwilligen Feuerwehr. Damals ist es ja nur um das Feuer gegangen. Es war weder ein Verkehr, noch gab es sonst irgendwelche lebensrettenden Einsätze. Da hat's zirka 1881 einen Brand gegeben bei einem Hotel, dort, wo heute die Frau Ullmann ihren Heurigen hat. Und es war schon der Schranken gebaut gewesen. Das Hotel brannte lichterloh. Der Schranken war aber zu und durfte nicht aufgemacht werden. Und wegen dem geschlossenen Schranken brannte damals so ziemlich das ganze Hotel nieder. Das war so ungefähr in den 80er-Jahren des vorigen Jahrhunderts.

Schlaraffia Burckardia Purkersdorf

1926 hat die Purkersdorfer Gesellschaft begonnen, sich zu artikulieren. Und zwar in Form der Schlaraffia. Ein Männerbund, der weltweit agiert und wo nur Deutsch gesprochen wird. Man lebt in der Ritterzeit und lebt vielen Idealen dieser Zeit nach. Kunst, Humor und Freundschaft sind die Leitgedanken dieses Vereins, der fast zu Unrecht auch »Kindergarten der Freimaurerei« genannt wird und bis heute besteht – unter den Nazis war er verboten. Es wird 1946/47 gewesen sein. Da hatten wir einen russischen Ortskommandanten. Ich glaube, Blagodatov hieß er.

Damals haben viele politische Strömungen die Schlaraffia ziemlich kritisch betrachtet. So wurde an den Ortskommandanten eine Anzeige gerichtet. Dieser besuchte eines Tages gemeinsam mit dem schon erwähnten Josef Zurek die Schlaraffia. Auf die Frage des Ortskommandanten, was denn angesichts der Narrenhelme und des Zeremoniells diese Schlaraffia sei, antwortete Zurek: »Das sind alles Narren, lauter Depperte.« Man trank gemeinsam mit Blagodatov und Zurek noch Wein bis spät in die Nacht. Damit war die Sache erledigt.

Versammlung der »Schlaraffia«, 60er-Jahre

Die »Poldi-Tante«

Die Frau Hohenwarther, genannt die Tante Poldi. Ihr Mann war in den 20er-Jahren sozialdemokratischer Vizebürgermeister von Purkersdorf. Die Tante Poldi war eine überzeugte Christlich-Soziale. Tante Poldi war musikalisch höchstbegabt. Sie spielte sehr gut Klavier und hatte eine göttliche Stimme. Diese Stimme wurde in ihrer Jugend ausgebildet. Ihr verdanke ich die Anfänge meiner Stimmkultur. Sie hätte bestimmt eine internationale Karriere machen können, wenn bei uns keine kleinbürgerlichen Verhältnisse vorgeherrscht hätten. Sie war auch eine hervorragende Orgelspielerin, spielte aber für viele Leute zu weltlich.

Die »Anna-Tante«

Da war das berühmte Café Lindinger. Sie war die typische Kaffeehausbesitzerin: relativ groß, stark, immer eine schwarze Schürze um, geknotetes Haar. Im Umgang immer hochehrlich, aber sehr resch. Sie hatte ein sehr gutes Herz. Wenn ich zurückdenke an die Nazizeit: Da hat es einen Dr. Weiss gegeben. Er war jüdischer Abstammung. Man hat sie wissen lassen, dass es nicht gerne gesehen wird, wenn der Dr. Weiss bei ihr im Kaffeehaus zu Gast ist. Aber sie hat sich nicht darum gekümmert, hat sich regelmäßig zu ihm gesetzt und sie haben geplaudert. Die Purkersdorfer Gesellschaft hatte sich sehr gerne, sehr oft und bis spät in die Nacht bei der Anna-Tante getroffen.

Regierungsrat Kienner

Der Herr Regierungsrat – ein lieber alter Herr, der in den späten 70er-, frühen 80er-Jahren hochbetagt mit über 90 Jahren gestorben ist. Trotzdem er immer sehr jung wirkte, ist er in frühen Lebensjahren wegen eines Hautausschlages in Pension gegangen. Er war mehr Jahre in Pension, als er aktiv war. Der Krummholz-Friseur und der Radl Hansl haben ihn oft bei der Anna-Tante zum Narren gehalten: »Wir müssen Steuer zahlen und da ist Ihre Pension auch dabei.« Oje, da ist er giftig geworden.

Der Pfarrer Hessle

Der Pfarrer Hessle ist in den 40er-Jahren nach Purkersdorf gekommen und hat sich sofort als Volkspfarrer etabliert. Sein Vorgänger, Dechant Haunold, war Beichtpfarrer der Kaiserin Zita, mit entsprechenden Manieren und Lebensstil. Der Pfarrer Hessle war ein echter Volkspfarrer: Er war bei der Feuerwehr, war aktiv im Theaterleben, war ein Kartenspieler und vieles andere. Er hat sich in den Umbruchzeiten 1945 einen Namen gemacht. Nach dem Tod vom evangelischen Pfarrer Kröcker hat sich Pfarrer Hessle um die evangelischen Christen genauso gekümmert wie um seine Schäflein.

Strauß' »Geschichten aus dem Wienerwald«

Was nicht uninteressant ist: die Beziehung Purkersdorfs zu verschiedenen Musikern. Da wäre zunächst Johann Strauß zu nennen, der mit seinem Freund Brahms – der in Pressbaum eine Villa hatte, die nach dem Zweiten Weltkrieg abgerissen wurde – öfters nach Purkersdorf kam. Oberhalb des Friedhofs hat es damals einen wunderschönen, idyllischen Waldplatz gegeben, das so genannte »Ministerbankerl«. Ein kleiner Ausflugsmittelpunkt. Dort haben sich beide Heroen der Kunst niedergelassen. Es waren noch andere Bewunderer dabei. Nach einigen Tagen wurde Johann Strauß wieder gesehen, als er denselben Ort aufsuchte und angeblich dort von seinem Schöpfer die Melodie des Walzers »Geschichten aus dem Wienerwald« empfangen hat. Und wenn es nicht wahr ist, ist es wunderbar erfunden.

Ministerbankerl

Warum »Ministerbankerl«? 1866/70 herum muss es gewesen sein. Da hat es in Purkersdorf einen sehr sehr hohen kaiserlichen Beamten gegeben, Graf Stürgkh, der oft mit seinen Freunden und mit höchsten Regierungsbeamten dort verweilt hatte. Heute steht aber dort kein Bankerl mehr.

Gustav Mahler und mein Großvater

Gustav Mahler kam mit seiner Frau Alma Mahler zur Familie Zuckerkandl ins Sanatorium Purkersdorf. Das wurde in letzter Zeit ja sehr interessant behandelt. Mahler hat oft Spaziergänge unternommen. Und er hat auch am Purkersdorfer gesellschaftlichen Leben manchmal teilgenommen. Es muss so um die Jahrhundertwende gewesen sein, da war in Purkersdorf der Jakobi-Kirtag und Mahler war mit einer Schar Freunde auch hier. Dieser Jakobi-Kirtag wurde bei schönem Wetter auf der Kellerwiese gefeiert. Meinem Großvater, Begründer der Bestattung Dewanger und langjähriger Mesner, wird nachgesagt, eine unwahrscheinlich große Bassstimme gehabt zu haben. Etwas dürfte ich vererbt bekommen haben. Am Abend an diesem Kirtag-Sonntag begann mein Großvater unter den Klängen der hiesigen Musikkapelle einige Lieder zu singen. Das hörte Gustav Mahler und er interessierte sich für diesen Mesner. Und mein Großvater selbst sagte mir: »Mahler wollte mich, ich war damals um die 30, nach einer gewissen Ausbildung absolut reif für die Bühne machen.«

Ernst Wolf

Dann gibt es da noch einen damals sehr bekannten Musiker in Purkersdorf – Ernst Wolf. Der war integriertes Mitglied der Purkersdorfer Gesellschaft. Die bestand damals – zwischen den beiden Kriegen – aus dem alten Notar Hannreich, aus Ernst Wolf, dem damaligen Oberlehrer Zögernitz, dem Dr. Duschet, natürlich auch seiner angetrauten Frau, meiner Tante, aus Familienmitgliedern der Familie Dorfinger, dem Stolzberg und vielen anderen. Dieser Ernstl Wolf war ein nicht unbegabter Komponist. Den Damen der Gesellschaft, aber auch Herren, widmete er Lieder. Hauptsächlich von ihm vertonte Gedichte von Daniel Kiesling. Daniel Kiesling war ein Vorfahre der Familie Neunteufel. Ernst Wolf schrieb sechs oder sieben Liederhefte. Ende 20, Anfang 30 schrieb er eine Operette: »Das haben die Mädchen so gerne«. Die ging fast um die Welt. Der Ernstl hat aber lieber den Damen und dem Wein zugesprochen und hat seither nichts mehr geschrieben. Später ist er der Vergessenheit anheim gefallen. Secht's Leutln, so war's anno 30 bei uns.

Franz Schmid und Edmund Eissler

Franz Schmid, ein sehr bekannter Tonschöpfer der Spätromantik. Seine Symphonien gehören zu den profiliertesten Werken dieser Epoche. Leider zu Unrecht vernachlässigt. Er war ein Mitglied einer Purkersdorfer Künstlergesellschaft, der Künstler angehörten wie Hadamovsky, der spätere Professor und Philharmoniker, die Brüder Wunderer, ebenfalls Philharmoniker. Diese Leute haben in den 20er- und 30er-Jahren das Purkersdorfer Kulturleben sehr beeinflusst.

Edmund Eissler hat in Purkersdorf gewohnt, und zwar in der Linzerstraße. Er hat Teile seiner berühmten Operette »Die goldene Meisterin« in Purkersdorf geschrieben.

Anton Bruckner

Anton Bruckner hat mit seinen Studenten oft auch Ausflüge in den Wienerwald gemacht. Zur Kirchenweihe in Purkersdorf 1882 soll er die Orgel gespielt haben.

Brucknerianer und Brahmsianer

Herr Professor Büllig, langjähriger Organist – er wohnte neben dem Pfarrhof –, war einer der letzten Bruckner-Schüler. Bruckner, Brahms und ihre Schüler machten öfters Ausflüge, auch in Wirtshäuser, wo die Brucknerianer und die Brahmsianer, samt ihren Meistern, in einem Gastzimmer tranken. Und Bruckner sowie Brahms bestellten sich Geselchtes, Kraut und Knödel. Was Bruckner veranlasste, über den Tisch zu Brahms zu sagen: »Sehn S', Herr Doktor, da verstehen wir uns.« Unser Professor Büllig war als Augenzeuge dabei. Dies soll sich nicht im »Roten Igel« in Wien abgespielt haben, sondern in Purkersdorf im Gasthaus Atzinger – heute Gasthaus Kauper.

Mein Onkel, Anton Josef Dewanger

Mein Onkel, Anton Josef Dewanger, machte schon sehr frühzeitig auf sein musikalisches Talent aufmerksam. Einerseits durch sein Klavierspiel, andererseits zeigte er schon seine Neigung zum Orchester. Er komponierte mit 18 Jahren den damals ziemlich bekannten »Libellenwalzer«. Später ging er dann nach Paris. Er komponierte viele Orchesterwerke, absolut tonal – was von den heutigen Musikmächtigen abgelehnt wird. Seine Werke werden daher äußerst selten aufgeführt. Unter dem Krieg wurde er – er dürfte ziemlich national und deutschfreundlich angehaucht gewesen sein – Leiter der deutschen Abteilung »Radio Paris«. Später wurde er dann als Nationalsozialist interniert. Im Internierungslager wurde er schwer krank. Nachdem er entlassen wurde, ging er nach Düsseldorf, heiratete dort, war Vater zweier Söhne und wurde Musikprofessor. 1972 starb er.

»Mir ist niemand abgegangen«

Gertrud Eitel

Ich bin 1930 geboren, geborene Kapke. Verheiratet seit 1952, seither wohnhaft auf Wiener Straße 29, vorher auf Wiener Straße 45. Mein Vater ist gestorben, da war ich acht Jahre, im September 1938. Er war auf Geschäftsreise. Er war Ingenieur und hat Milchmaschinen verkauft. Meine Mutter war sehr resolut und hat viel gearbeitet. Ich war dann die Große. Ich war sehr selbstständig. Meine Schwester war vier Jahre und mein Bruder war zwei. Ich bin nach den Grundsätzen erzogen worden: Ein Kind muss immer brav sein, folgen.

Für uns Kinder war es schön

Ich habe es als Kind schön gehabt. Nach dem Krieg haben wir Geld verloren. Wir waren nicht so schön gekleidet. Aber ich bin auf der Wiese gesessen. Da habe ich gehäkelt und gesungen. Die schönste Wiese, die war da in der Pragerstraße. Die ist zweimal im Jahr gemäht worden. Das Gras war hoch, mit Margeriten, Glockenblumen, ein Meer von Himmelschlüsseln, im Herbst Herbstzeitlosen. Das war eine Prachtwiese, ein Feuchtbiotop. Die Buben haben dort Fußball gespielt. Die Kinder haben ja auf der Straße gespielt. Die Gärten waren alle offen. Für die Kinder war es wirklich schön.

Holzstaberlknien

Ich hab müssen auf so Holzstaberln knien. Vielleicht war ich laut oder schlimm. Aber eigentlich war ich ein braves Mädchen. Ich war immer die Letzte beim Nachhausegehen. Ich war wie ein Bub. Ich war überall unterwegs. Ich habe nie Angst gehabt. Einmal – da war ich schon größer –, da bin ich im Wald eingeschlafen. Ich habe Latein gelernt und gehäkelt. Da hab ich Angst gehabt. Das war die russische Besatzungszeit. Da bin ich dann nach Hause gelaufen.

Fünf Kinder

Es hat in einer Ehe ja immer geheißen: Kinder müssen kommen. Wir waren fünf. Zwei sind an Diphtherie gestorben. Wenn der

Vater noch gelebt hätte, wären wir vielleicht sechs gewesen. Aber die Mutter hat gemeint, sie hätte es nicht mehr gepackt.

Die Schule

Unsere Schule war sehr gut. Die Musik wurde gepflegt. Die Lehrer haben geschaut, dass wir sehr viel lernen und gebildet werden. Es war auch Kultur: Goethe, Grillparzer, Schiller. Es war überhaupt ein Paradies.

Gesungen wie die Zarah Leander und die Agnes Baltsa

Ich habe Klavierunterricht gehabt und gesungen. Klavier habe ich gespielt schon vor der Schule, in der Früh. Wir haben für die neue Orgel Konzerte gemacht und Geld gesammelt. Beim Neunteufel, in Gablitz und im Volkshaus. Ich habe eine gute Stimme. Ich habe so schön gesungen. Meine Gesangslehrerin und auch andere haben gemeint, ich habe eine Stimme so ähnlich wie die Agnes Baltsa. Eigentlich bin ich ein Mezzo. Aber ich sing tief wie die Zarah Leander und hoch bis zum »b« hinauf. Ich habe ein großes Stimmvolumen. Und singen habe ich können, stundenlang. Je mehr, desto besser. Mein Mann hat gesagt: »Wir heiraten, wir wollen Kinder. Aber das geht ja nicht. Wenn du singst, dann heiraten wir nicht. Vom Singen kann man nicht leben.« Hat er gemeint. Ich habe 29 Jahre im Chor gesungen und zehn Jahre solo. Das hat er mir erlaubt.

Der Wienfluss

Der Wienfluss ist ja eigentlich ein Gebirgsbach. Der kommt von den Bergen. Da waren Forellen und angeblich über 30 Fischarten. Mein Mann, der Erwin, hat die Forellen mit der Hand fangen können. Dann ist der Fluss verdreckt. Aber jetzt ist er wieder sauber. Der Wienfluss war schon manchmal hoch. Aber nicht so hoch wie heute, weil die Straßengräben das Wasser aufgenommen haben. Und heute gehen die Kanäle über. Wir haben ja heute viel zu viel Beton. Am Wienfluss haben die Leute gebadet. Die Böschung beim Sanatorium ist gemäht worden und war gepflegt. Die Leute sind in der Unterwäsche dagesessen, die Kinder haben im Fluss gepritschelt. Das Essen haben die Leute im Korb mitgebracht.

Beim Musizieren. Erste von links, sitzend: Gertrud Eitel, 1948

Wiener Straße und Wintergasse

Die Wiener Straße war am Anfang, in den 20er-Jahren, noch eine Sandstraße. Dann haben wir Pflastersteine gehabt. Der Autoverkehr hat funktioniert. Daneben waren Radwege. Die Winter waren sehr schneereich. Die Wintergasse war eine schmale Sandstraße. Da sind sie im Winter gefahren. Deswegen heißt's Wintergasse. Und im Frühjahr, im März, war der Winter aus. Schöner Winter mit Schnee, schönes Frühjahr, ordentlicher Sommer mit Badewetter: Das war halt ein normales Klima.

Linzer Straße

In der Linzer Straße, auf der linken Seite, dort, wo heute der Billa, der Forstinger und so sind, das ist alles ein Schüttgrund. Da ist es früher hinuntergegangen. Da waren Wiesen und Obstbäume. Heute ist alles verbaut.

Einkaufsmöglichkeiten

Die Einkaufsmöglichkeiten in Purkersdorf! Bei mir in der Wiener Straße, da war der Machan, der Fleischhacker. Gegenüber vom

Sanatorium war auch ein Geschäft. Daneben war ein Kaffeehaus. Beim Mühlberg, Mooswiesengasse, war auch ein Geschäft, der Kohl, Fleischhackerei und Milch. Und beim Bahnhof war ein Kaffeehaus. In Unterpurkersdorf war der Rameder, Gemüse und so. Die Leute haben kein Auto gehabt und man hat trotzdem einkaufen gehen können. In der Früh ist ein Pferdewagen gekommen. Man ist auf die Wiener Straße rausgekommen und hat das Brot und die Semmeln bekommen. Das ist alles gebracht worden. Also, man war versorgt. In Purkersdorf waren auch Gärtnereien, bei denen man einkaufen konnte. Ärzte hat's nicht so viele gegeben. Beim Arzt hat man schon immer warten müssen.

Schwimmbäder

Wir haben zwei Bäder gehabt. Das schöne Waldbad, das ist jetzt der Bungalow-Club. Das war ein Prachtbad. Mit Tennisplatz, Tanzmöglichkeit, Restaurant, Sonnenwiese. Und billig.

Gatte Erwin Eitel, ca. 1937

Die 20er-Jahre: die schlechte Zeit

Dann war die schlechte Zeit, die 20er-Jahre. Die Leute haben gehungert, haben abgetrieben, haben nichts zum Essen gehabt. Die Kinder waren krank: Lungenschwindsucht, Lungentuberkulose. Viele waren arbeitslos. Und die Leute wollten Arbeit und dass es ihnen besser geht. Das Volk will ja nur gut leben und ein Essen, eine Familie und ein Dach über dem Kopf.

Schulausspeisung

Kriege machen immer die Oberen. Der Versailler Vertrag war furchtbar. Wir haben Zahlungen gehabt, Reparationszahlungen. Ich habe das nicht so mitbekommen. Aber durch den Krieg, es ist ja das Geld und alles umgefallen. Und den Kindern ist es schlecht gegangen. Zum Beispiel in der Schule: Da war dann Schulausspeisung. Und da hat es geheißen, durch den Hitler wird Arbeit sein. Es wird uns besser gehen. Die Leute kriegen Kleider, Schuhe, es wird eine Autobahn gebaut.

Der Einmarsch 1938: eine Hetz

Ich habe den Einmarsch gesehen, im März 1938. Das war sehr beeindruckend. Motorräder mit Beiwagen. Die Kolonne hat kein Ende genommen. Es hat lange gedauert. Aber Massen Leute sind nicht gewesen. Ein paar beim Sanatorium. Es war beflaggt. Und bei der Hofmanngasse, da sind sie alle runter, Wasser lassen. Lauter schöne, fesche Männer, in Uniform. Für mich war das eine Hetz. Es war ein schöner Tag: kein Regen, kein Nebel.

Die Volksabstimmung im April 1938

Die Volksabstimmung im April 1938: Das hat mir nur die Mutter gesagt. Ich war damals noch ein Kind. Das war sozusagen ein Zwang. Dic Mutter hat erzählt: »Da steht wer und hat gesagt: ›Da machen Sie ein Kreuzerl.‹« Der eine Kreis mit dem »Ja« war größer und der andere kleiner. Da war nur der Vater vom Dewanger, der hat mit Nein gestimmt, und das wurde dann bekannt gemacht. Die Mama hat gesagt, das war der Einzige. Na, und dann hat man halt gewartet. Mein Gott. Wir sind ins

Purkersdorfer Kino gegangen. Wir wurden durch die Wochenschau informiert. Kino: Das war eigentlich das einzige Vergnügen. Da waren Heimatfilme, so mit Paul Hörbiger, der Wessely. Das Kino war voll, da waren viele Leute. Aber bitte, ich habe keine SS gesehen, keine SA.

Hitlerjugend

Ich habe immer gesagt, schon 1940/41: »Wenn nur der Krieg aus wäre und wenn wieder Frieden wäre.« Dann war Stalingrad. Da habe ich gesagt: »Na, jetzt gehen wir alle zugrunde, alle.« Für den Frieden waren wir. Ich habe mir das gar nicht vorstellen können. Zur HJ sind wir ja eingeschrieben worden. Wir sind ja gar nicht gefragt worden. Ich weiß nicht, ich kann mich gar nicht erinnern, das war so.

Wir sind scheinbar eingeschrieben worden und dann haben wir Lieder gesungen, haben uns getroffen. Wir haben eh nichts gemacht. Lieder gesungen und Blätter haben wir gesammelt. Und Kräuter. Und dann sind wir spazieren gegangen.

Kirche und Religion

Weil sie immer sagen, beim Hitler hat's keine Religion gegeben: Das ist nicht wahr. Bei uns hat's das gegeben. Es war immer Kirche, immer Messen. Eine einzige Messe war nicht. Es war der Pfarrer, es war der Kaplan. Wir haben alle Religionsunterricht gehabt. Und ich bin in die Seelsorge gegangen. Religionsunterricht und Seelsorge und Messe. Und alles war normal. Es war keine Religionsbeschränkung in Purkersdorf.

Gefangene in Purkersdorf

Den Gefangenen in Purkersdorf, denen ist es recht gut gegangen. Die waren in ihren Uniformen. Das waren Belgier und Franzosen. Die haben frei herumgehen können. In Deutschwald war ein Haus, da hat ein Teil übernachtet. Die Gefangenen waren ja glücklich, dass sie da waren. Im Krieg wären sie ja gestorben. Da haben sie wenigstens zu essen gehabt.

Nazi?

Der Schuldirektor Ebner, in der Hauptschule, der ist dann weg. Aber das war ein netter Mensch. Nein, der hat von Politik ... Na ja, er war aber schon. Ja. Na ja, es ist gesprochen worden, wir sollen dann in den Osten Lehrer schicken und die Leute dort erziehen. Ja, ich weiß nicht, Nazi? Es ist doch nur darum gegangen, dass es einem besser geht. Und um Arbeit. Heute wollen die Leute auch Geld.

Die haben sich gar nicht hervorgetan

Wir haben so fleißige Leute gehabt. Bei uns ist gearbeitet worden. Das war nicht so wie heute: rumlungern. Fleißige Leute waren alle, ob die so oder so waren. Sie haben Purkersdorf gern gehabt. Und die Heimat. Sie waren fleißig und hilfsbereit. Über Politik habe ich eigentlich überhaupt nicht viel geredet. Und die Mutter, die redet überhaupt immer nur von Gott und allem. Sie hat gesagt: Das ist alles Schicksal. Wir können nichts machen, das ist so. Wenn in Purkersdorf Nazi waren, die haben sich gar nicht so hervorgetan.

Juden?

Ich weiß nur von einer jüdischen Familie. Das hat mir die Mutter erzählt. Das war das Geschäft an der Ecke Pragergasse, unser Greißler. Und der ist dann zugemacht worden. Die Koplitz Mina, Wilhelmine. Früher hat meine Mutter bei denen eingekauft. Die sind abgeholt worden. Aber das hab ich nicht gesehen. Die haben keine Kinder gehabt. Und die Mutter hat sich nicht getraut zu winken. Die haben das Haus dann dem kleinen Buberl von der Frau übergeben, die in dem Haus gewohnt hat. Schriftlich.

Mir ist keine Einzige abgegangen

Ich muss Ihnen ehrlich sagen, in der Hauptschule, mir ist nicht eine Einzige abgegangen. Die Klassenbänke waren besetzt. Ich bin mehr in der Mitte gewesen. Eine ist aus Wien dazugekommen. Die Kirche war voll. Seelsorge waren wir. Es tut mir Leid, mir ist gar niemand abgegangen. Bis auf das Ehepaar. Auf der Wiener Straße soll noch jemand gewesen sein, aber die habe ich nicht gekannt.

Die haben gekriegt

Jessas, noch von einem Juden weiß ich. Die haben dann viel gekriegt. Die Sudetendeutschen haben ja nicht viel gekriegt. Denen haben sie die Häuser und alles weggenommen. Das gepflegte Land. Die Tschechen haben ja ein Märchenland übernommen. Tiere und Geld und Möbel. Das war einer der Ersten, der hat ja eine Entschädigung bekommen, der hat ja Geld bekommen. Der hat sich ein Haus gebaut.

Ich weiß von Juden, die sind entschädigt worden. Die haben so viel bekommen, dass sie sich ein Haus bauen und einen Grund haben kaufen können. Das waren reiche Leute, weil die sind entschädigt worden. Bitte erzählen Sie mir nix. Die Juden haben nachher Geld bekommen, die haben sich billig Gründe kaufen können und die haben sich überall wieder, ... die sind wieder in die Höhe gekommen.

Das Sanatorium

Das Sanatorium war zuerst für reiche Leute. Da war eine eigene Gärtnerei, bis zum Bach. Das Sanatorium hat eigenes Wasser gehabt. Da hat's alles gegeben: Fisolen, Karotten, Petersilie, Paradeiser, Erdäpfel. Und Obstbäume und Blumen. Man konnte auch dort einkaufen. Dann war's ein Lazarett, ein Krankenhaus. Da waren Soldaten. Das Sanatorium ist Anfang des Jahrhunderts gegründet worden, 1903 oder 1904. Von der Familie Zuckerkandl. Das waren sehr reiche Leute. Die sind dann nach Amerika gegangen. Zeitgerecht. Passiert ist ihnen nichts.

Nicht viel mitbekommen

Wir auf der Wiener Straße haben von dem Ganzen überhaupt nicht viel mitbekommen. Wir haben keine Zeitung gehabt, Radio auch erst später, so 42/43. SA und SS habe ich überhaupt nicht gesehen. Nie. Ich bin in die Schule gegangen. Seelsorge.

Klavier spielen. Blumen. In den Wald. Wir waren sehr eifrig im Lernen und Arbeiten. Handarbeiten. Wir haben stricken müssen, häkeln, nähen. Wir sind in die Häuser gegangen Papier und Knochen sammeln. Aus Knochen ist Seife gemacht worden. Die Schule war sehr für die Natur. Wie gesagt: SA und SS habe ich nicht gesehen, auf meinem Weg nicht.

Böhmen, Mähren und Schlesien

In Deutsch-Mähren und Schlesien: Die Leute haben dort jahrhundertelang gut gelebt. Das war ein gepflegtes Land. Die Felder waren gepflegt, die Leute waren friedlich und musikalisch. Das wurde über Jahrhunderte aufgebaut. Und dann ist alles zerstört worden. Durch den Hass, durch die Grenzverschiebungen. Dreieinhalb Millionen haben sie aus Böhmen, Mähren und Schlesien hinausgehaut. 250.000 sind gestorben. Es hat auch ein Konzentrationslager gegeben. Nach dem Krieg! Da sind die Leute verhungert. Nachher. Furchtbar.

Brünner Todesmarsch

Haben Sie gehört vom Todesmarsch? Von Brünn? Am Fronleichnamstag. Ich sage ja nur, wie es wirklich ist. Schauen Sie, ich war nicht dabei und so. Ich bin dafür, dass jeder eine Heimat hat, eine Wohnung und ein Dach über den Kopf. Man soll gesund sein, zum Essen haben. Und die Sonne soll sein. Der Todesmarsch von Brünn. Das habe ich gelesen. Eigentlich begonnen hat die Geschichte durch den verlorenen Ersten Weltkrieg. Der Versailler Vertrag und die Armut und das Elend. Und dann ist überhaupt ein Durcheinander angegangen. Das war ja furchtbar. Das war ja Zivilbevölkerung und Kinder und so. Das wird ja alles unterdrückt. Davon wird ja nicht gesprochen. Von nix. Und auch nicht, dass so viele Soldaten zugrunde gegangen sind. Es gibt zwar Kriegerdenkmäler, aber wer geht schon hin und schaut das an. Das waren ja auch Menschen. Die sind ja zwangseinberufen worden. Ich sag meinen Kindern: »Wenn du einen Zettel kriegst, musst ja hingehen.« Da fragt dich ja keiner.

Wir haben gar nicht darüber gesprochen

Es war ja früher eigentlich ziemlich unpolitisch. Ich bin eigentlich unpolitisch aufgewachsen. Ich habe ja keine Zeit gehabt. Unsere Familie hat sehr gut funktioniert. Meine Mutter hat sehr gut gekocht. Ordentlich, mit Suppe und Hauptspeise. Die Mutter war eine gute Köchin, sie hat nähen können, sie hat geschneidert. Für mich war das teilweise eine Hetz, alles. Es war gar nicht aufregend. Wir haben auch gar nicht darüber gesprochen. Weil wir das überhaupt nicht so ernst genommen haben. Wir haben ja keine Zeitung gehabt. Die Mutter hat so viel Arbeit gehabt. Die hat kochen müssen. Am Sonntag ist sie in die Kirche gegangen. Freitag, Samstag hat sie gebacken. Wir haben am Anfang gar nichts geglaubt, weil wir das nicht gewusst haben und nicht geglaubt haben.

Die letzten Kriegstage

Im Großen und Ganzen war's eine friedvolle Gegend. Auch nach Kriegsende. Die Russen sind vom Westen, vom Wienerwaldsee gekommen. Von der Laaben. Die sind einfach reingekommen wie nix. Durch das Radio oder über die Kirche ist gar nicht gesagt worden, dass die schon so nah sind. Wir sind direkt überrascht worden. Wie die Panzer dann gekommen sind, in den letzten Kriegstagen, das war auch sehr beeindruckend. Der erste Panzer ist auf der Wiener Straße 45 durch den Zaun reingekommen und ist zwischen den Rosen stehen geblieben. Das war um drei viertel sieben in der Früh. Aber es war keine Schießerei, es war ruhig. Im ersten Panzer war ein Kommandant drinnen. Das war ein fescher, feiner Mensch. Ein gebildeter Mann mit Abzeichen. Er hat freundlich dreingeschaut.

Schneiden uns die Russen die Ohren ab?

Meine Mutter hat furchtbare Angst gehabt. Ich habe gesagt: »Schneiden sie uns jetzt die Ohren ab?« Es ist ja so gesprochen worden. Die Mutter hat geweint. Sie hat mir einen alten Hubertusmantel gegeben und ein Kopftuch und hat mich verkleidet. Wir haben uns in der Waschküche versteckt. Alle, die im Haus waren. Die Mutter hat sich dann beruhigt, weil nicht geschossen wurde. Die deutschen Truppen, die waren ja schon abgezogen. Die haben sich zurückgezogen bis Hadersdorf, bis zum Palme-Platz. Dort ist die Eisenbrücke gesprengt gewesen. Da haben sie sich dahinter verschanzt.

Artillerie-Einschläge

Von dort ist dann in der Nacht, so um zehn, elf Uhr, mit der Artillerie zurückgeschossen worden. Da waren Beschädigungen. Da waren mindestens zehn Artillerie-Einschläge. Einige am Georgenberg. Ein Treffer in der Hoffmann-Villa. Da war oben ein Rotes-Kreuz-Zeichen. Und genau da drinnen war ein Loch. Und ein zweiter Treffer in der Paula-Villa. Und ein Haus in der Pragergasse, neben dem jetzigen Hotel. Und drei Häuser in der Wiener Straße waren auch beschädigt.

Der Bunker am Mühlberg

Am Mühlberg, da war ein Bunker. Da war ich drinnen, nach dem Krieg. Mit festem Beton, mit so Schlitzen. Flach. Da hat man bis zur Hochram-Alm gesehen. Scheinwerfer waren oben. Da sind dann Panzer herumgefahren. Irgendwer hat erzählt, sie hätten die Absicht gehabt, einen Teil vom Mühlberg zu sprengen, um die Straße zu blockieren. Am Fuße vom Mühlberg, wo das Gasthaus war, da geht ein Stollen hinein. Dort wollten sie Munition reingeben. Da war ich auch drinnen.

Die Nachhut

Dann ist die Nachhut gekommen. Einer von denen hat mich genommen und wollte mich ins Kabinett zerren. Ich war damals fünfzehn. Aber meine Mutter hat mich auf der anderen Seite gepackt. Da sind wir raus auf den Gang und haben das Haus verlassen. Ich habe noch gesagt: »Der wird uns jetzt nachschießen.« Der hat nicht so freundlich ausgeschaut. Auch die Gesichtszüge waren anders. Der hatte asiatische Gesichtszüge. Aber er hat nicht geschossen. Wir sind über die Wiener Straße zum Sanatorium und sind dort hinein in die Hoffmann-Villa, in das Hauptgebäude. Und da haben wir uns unten in der Küche neben dem Herd hingesetzt. Da waren wir über Nacht, aber nur die erste Nacht. Das war vor Ostern, Ende März.

Hamstern

Hamstern sind wir dann gegangen. Zu Fuß. Gablitz, Riederberg, Elsbach, Sieghartskirchen, rundherum. Und dann sind wir mit zwei Kilo Erdäpfel nach Hause gekommen. 1945 sind die Leute zur Marillenernte in die Wachau gefahren. Da waren die Züge voll. Die Leute sind auf den Dächern gesessen. Aber nicht nur einer. Wir sind die ganze Wachau hinuntergegangen. Dann haben wir drei oder vier Kilo Marillen gehabt. Wegen ein paar Marillen ist man in die Wachau gefahren.

Nachher war es arg

Ich habe mich nachher gefürchtet. Jahrelang. Ich habe Angst gehabt, dass wir verschwinden, dass wir nichts zu essen haben. Die Leute waren so gehässig. Es war ja jeder neidig. Nachher war's arg. Es wurde viel gestohlen – von den Einheimischen! Meiner Mutter ist die Matratze mit Namen drauf gestohlen worden. Die hat man dann ein paar Häuser weiter weg gefunden. Die Leute waren so gehässig, so aufgehetzt.

Selbstmorde 1945

Ich weiß auch von Leuten, die sind nach dem Krieg verschwunden. Die sind nicht mehr gekommen. Selbstmorde hat's gegeben. Da war die Frau Dr. Kröcker, da waren sechs Kinder. Die haben die Nerven verloren. Die Frau Doktor hat ihre Kinder vergiftet. Die letzte Spritze hat der Mann gekriegt und sie und der älteste Sohn – der war 17 –, die haben sich aufgehängt. Die waren sehr beliebt. Die Leute haben Angst gehabt.

Napoleon

Der Napoleon war in Purkersdorf. Der hat dort, wo jetzt der »DM« ist – das war einmal ein Frauenkloster –, übernachtet. Und der hat Gefangene gehabt, Russen. Die waren in der Kirche untergebracht. Weil man immer schimpft: »Wir sind ja alle so schlecht.« Schlecht sind die Oberen. Der Napoleon hat auch die Leute verhungern lassen. Und die Soldaten im Krieg, wie viel Millionen. Von denen wird aber nicht jede Woche im Fernsehen geredet.

Chruschtschow

Der Chruschtschow, der hat mich freundlich angelächelt. Der ist durch Purkersdorf gefahren. Ich bin beim Türl gestanden, beim Eingang, mit meinem Tascherl. Fährt er vorbei, der Chruschtschow, alleine im Auto, ohne Gattin. Im offenen Auto. Vorne zwei Motorräder. Er hat zu mir hergeschaut, mich angelächelt und die Hand gehoben. Ich hätte direkt hingehen können.

55 abgerissene Häuser

Die Westbahn – die »Kaiserin-Elisabeth-Bahn« – ist 1858 gebaut worden. Im selben Jahr ist auch unser Haus gebaut worden. Ich habe die Häuser gezählt, die sie ab 1956, nach dem Russenabzug, weggerissen haben. Das fünfundfünfzigste ist das Volkshaus. Und das nur im Grätzel Deutschwald, Wiener Straße, Wintergasse, Bahnhofstraße, Wienzeile. Was weiter draußen ist, das weiß ich nicht. Purkersdorf war ein Prachtort. Heute ist zu viel Autolärm, zu viel Gestank, zu viele Leute und zu viel verbaut. Purkersdorf ist heute eine Schlafstadt. Die Leute kommen nur mehr zum Schlafen nach Hause.

Keine Blumen mehr

In meiner Jugend haben die Leute so viel im Freien gearbeitet. In jedem Garten war etwas: Gemüse, Obstbäume, Blumen. Nicht so wie heute, da wird ja dauernd gemäht, da sind ja keine Blumen mehr. Und die Leute haben mich gefragt: »Gerti, wie geht's dir? Magst du ein Schmalzbrot?« Heute fragt kein Mensch mehr: »Gerti, wie geht's dir?« Ich bin jetzt seit 21 Jahren Witwe. Heute können Sie tot umfallen. Ich bin am Westbahnhof gestürzt. Die Leute sind bei mir vorbeigelaufen. Gerade, dass sie mir nicht draufgestiegen sind. Nicht eine Person ist stehen geblieben.

»Das höchste der Gefühle war eine ›Blunznsuppe‹«

Anna Maria Langer

Ich bin 1937 geboren. Es ist nachgewiesen, dass es auf der Wiener Straße 21 seit 1848 eine Zimmerei gegeben hat. Um die Jahrhundertwende hat dieser Platz dem Herrn Kail gehört. Der Herr Kail hatte sehr viele Zimmersleute, weil früher alles nur händisch gegangen ist. Es ist ja nichts Maschinelles vorhanden gewesen.

Großeltern aus Böhmen

Da kamen auch die berühmten böhmischen Zimmersleute. Mein Großvater, 1862 geboren, stammt aus Böhmen, Jindřichův-Hradec, Neuhaus. Ebenso seine Frau, 1870 geboren. Mein Großvater ist zum Herrn Kail nach Purkersdorf gekommen. Da war er dann Polier. Der Herr Kail war dann schon älter und wollte in Pension gehen. Er hatte aber nur eine Tochter. Und er hat sich entschlossen, den Betrieb meinem Großvater zu verkaufen. Das war so ungefähr 1895. Mein Großvater ist dann mit den jüngeren Geschwistern, seiner Frau und den Kindern, drei Töchtern und vier Söhnen, hier auf der Wiener Straße 21 eingezogen.

Mein Vater …

Der jüngste Sohn, Max Wanas, war mein Vater. Mein Vater wurde 1908 geboren. Er hat hier in Purkersdorf Volksschule und Hauptschule gemacht und hat dann im Betrieb seines Vaters Zimmerei gelernt. Zwischendurch haben immer seine Brüder angeschafft und er war nur der Lehrbub. Mein Vater ist, nachdem er die Zimmerei gelernt hatte, auf die Zimmerei-Polier-Schule beziehungsweise auf die Zimmerei-Meister-Vorbereitungs-Schule gegangen. Er hat beim Professor Boduin gelernt. Der Professor hat damals schon – vor rund 65 Jahren – gesagt, die Reichsbrücke wird einmal zusammenbrechen.

… und meine Mutter

Meine Mutter stammt aus Oberwaltersdorf. Ihre Eltern waren Schlosser und Spengler. Meine Mutter ist nach Wien gekommen,

Vater Max Wanas, mit Blochwagen, 1963

zu einem Fleischselchermeister. Das war damals ein Unterschied: Fleischhacker und Fleischselchermeister. Die haben in Purkersdorf, beim Bad, eine Sommervilla gehabt. Meine Mutter war bei dieser Familie ein Hausmädchen und zugleich Kind-Ersatz. Eines Tages hat man bei diesem Haus einen Gartenzaun repariert und da hat mein Vater meine Mutter gesehen. Und so begann es. 1935 haben sie dann geheiratet. Dann sind wir drei gekommen: ich, als Älteste, 1937, mein Bruder 1940 und 1950 meine Schwester. Ich war hauptsächlich für den Verkauf und für alle Schreibarbeiten zuständig. Mein Bruder und meine Schwester haben Zimmerei gelernt.

Dachstuhl und Zubau für die Kirche

1935 hat die Kirche einen neuen Dachstuhl und einen Zubau gekriegt. Das hat alles der Herr Stieböck gemacht. Die Zimmereiarbeiten haben mein Großvater und mein Vater gemacht. Die Sache von meinem Vater war der Rundbau vorne. Er hat alles vom Professor Boduin kontrollieren lassen. Der Dachstuhl war ja kein kleiner.

Neue Glocken

Der Pfarrkirchenrat hat dann auch beschlossen, neue Glocken für die Kirche anzuschaffen. Aber sie haben nicht gewusst, wie sie die aufziehen könnten. Also haben sie sich an meinen Vater gewandt. Das war für meinen Vater nicht nur eine Ehre und Freude, sondern auch eine große Verantwortung. Denn die Fördermittel, die man heute hat – Kräne und so –, waren damals ja nicht vorhanden. Außerdem musste auch der Glockenstuhl entsprechend hergerichtet werden. Das hat alles mein Vater mit Hilfe meines Bruders Anton und den Zimmerleuten aus unserem Betrieb übernommen.

Patenschaft übernommen

Das Geld dazu haben meine Eltern gespendet. Meine Mutter hat die Glockenpatenschaft für die Josefs-Glocke übernommen. Für die ganzen Arbeiten haben wir viele Leute gebraucht. Hat mein Vater zum Großvater gesagt: »Du, wir werden zu wenig Leute haben. Ich gehe auf den Hauptplatz hinauf, ich werde mich um ein paar umschauen.« Dort, wo früher die Trafik war, da sind die Arbeitslosen gestanden. Da ist mein Vater hinaufgegangen und hat ein paar runtergeholt.

Dankbarkeit

Unter anderem war da ein gewisser Magenbauer Schurl, der hat auf der Linzer Straße 20 gewohnt. Die Arbeit hat lange gedauert. Die haben ja alles händisch gemacht. Zuerst das Holz am Platz abbinden. Dann alles zusammenlegen. Mit dem Ross hinführen. Mit der Seilwinde alles einzeln langsam aufziehen. Zu Weihnachten ist dann Folgendes passiert: Kommt dem Magenbauer Schurl sein Vater und hat meinem Vater eine Gans gebracht. Für das, dass er den Schurl von der Arbeitslosigkeit weggebracht hat.

Arbeitswelt Wienerwald

Was war der Wienerwald eigentlich wirklich? Das hat ja noch niemand festgehalten. Die Arbeitswelt Wienerwald. Man ist ja alles zu Fuß gegangen. Heute fahren sie mit dem Auto oder mit dem Jeep. Vom Holzhacker zum Ausstreifer – vorrücken nennt

In der Säge, ca. 1935

Pilotenschlagen, 1943

man das in der Fachsprache. Das Holz hat man mit Pferdefuhrwerken an die Säge gebracht. Heute fährt ein Mann mit dem Kran. Früher hat man vier, fünf Leute gebraucht, damit sie das Bloch (den Holzstamm) auf den Wagen gebracht haben. Es gibt ja nichts Schwereres als Buchen- und Eichenholz. Und das war das Geschäft im Wienerwald.

Zimmerei und Säge

Die ganze Säge und Zimmerei hat sich folgendermaßen abgespielt: Das Holz wurde bestellt, ausgesucht und gekauft. Man hat's beim Förster übernommen und durch Fuhrwerker – meistens Bauern – auf den Platz bringen lassen. Die hatten riesige Ross. Die Blochwägen waren nicht luftbereift, die waren alle eisenbeschlagen. Die Gummireifen sind eigentlich erst nach dem Krieg gekommen. Vor dem Krieg haben sie die Säge hauptsächlich für den Zimmereibetrieb gehabt. Sie haben nur für den Eigenbedarf geschnitten. Als die schwere Zeit kam, 1936/37, haben sie auch für unseren Onkel, den Robert Wanas, der war Holzhändler, geschnitten.

Alles händisch

Früher hat man das Bloch vom Platz in die Säge gebracht. Dann ist das händisch auf die Kanter geladen worden. Vom Kanter wurde jedes Bloch einzeln mit Rollwagerl weggefahren. Und es war immer Zeitdruck. Die Buche kann ja nur im Winter geschlägert und geschnitten werden. Wenn es Mai wird, wird sie braunfleckig und ist für Qualitätsholz nicht mehr zu verwenden.

März 38: Begrüßungszug der Purkersdorfer

Mein Vater hatte einen kleinen Volksempfänger gehabt. Hinten im Schleifkammerl, wo die Sägeblätter geschliffen wurden. Wir hatten einen Dieselmotor. Strom haben ja damals die meisten noch nicht gehabt. Der musste jährlich gereinigt und gewartet werden. Da ist auf acht Tage der Mechaniker gekommen. Wir Kinder haben uns immer gefreut, wenn der Monteur kommt, weil da wurde besser gekocht. In der Woche, wo das Service des Dieselmotors durchgeführt wurde, im März 38, hat man schon gewusst, dass die Glocken anders läuten. Und wie meine Mutter meinem Vater und dem Monteur lange nach Mitternacht wieder einmal einen Kaffee bringt, hören sie was. Da ist was. Jetzt haben die alles liegen lassen, sind über die Böschung hinauf und haben geschaut. War der Begrüßungszug der Purkersdorfer schon unterwegs. Hinein auf den Heldenplatz. Mit Fahnen und Transparenten.

Zum Feiern nach Wien

Meine Mutter hat mir sogar erzählt, wer da aller dabei war. Ein Förster vom Schloss war dabei, ein Fleischhacker, ein Wirt und so weiter. Die einen haben gearbeitet und nicht gewusst, wie sie weiterkommen, und die anderen sind nach Wien gefahren zum Feiern. Mein Vater war in passivem Widerstand. Innerlich oppositionell eingestellt, aber durch die Bindung durch den Betrieb und die Verwandten in seinen Möglichkeiten beschränkt.

Kriegswichtiges Gewerbe

Dann ist der Krieg gekommen. Der Onkel Robert war ein überzeugtes Mitglied der damaligen Partei und hat für die Wehrmacht geschnitten. Dadurch konnte er eine gewisse Hilfe leisten, dass mein Vater nicht einrücken musste. Wir waren ein kriegswichtiges Gewerbe und mein Vater war »u.k.« – unabkömmlich. Im Krieg haben wir viele Baracken gebaut. In der Kaserne, aber auch die Dr.-Hild-Gasse hinauf. Da war im Krieg für die Wehrmacht eine richtige Barackensiedlung. Damals haben sie auch – weil ein gewisser Druck war und nicht mehr so viele Leute waren – in der Nacht geschnitten. Eines Tages ist der Onkel gekommen und hat gemeint, er braucht dies und jenes. Und mein Vater hat gesagt, das macht er nicht mehr. So sind sie ins Streiten gekommen. Eines Tages ist es nicht mehr gegangen und ab 1944 haben sie dann alles eingezogen.

Der Vater muss einrücken

Im Oktober 1944 ist mein Vater eingerückt und die Mutter ist mit uns zurückgeblieben. Mein Bruder war damals vier Jahre und ich war sieben Jahre. Mein Vater hat dann noch alles dichtgemacht. Der Vater war weg und es war ein schöner Herbst. Da haben wir Kinder ein sehr einschneidendes Erlebnis gehabt. Die Mutter war in der Waschküche, in der Nähe beim Bach unten. Auf einmal hören wir was. Wir rennen hinaus in den Hof, wie Kinder halt neugierig sind. Sehen wir einen über den Hof in den großen Stadl rennen. Im Stadl waren die ganzen alten Blochwägen, die Leitern und was halt Zimmerleute so gebraucht haben.

Geflohener im Hof

Wir rennen zur Mutter und sagen ihr das. Und im selben Augenblick, in dem wir von der Bachseite kommen, kommt ein Uniformierter von der Straße herein, Pistole in der Hand und schreit, ob da einer hereingerannt ist. Dann hat sich herausgestellt, dass von einem offenen Wagen ein Inhaftierter abgehaut ist. Die haben uns Kinder eingeschüchtert und natürlich haben wir gesagt, der ist in der Schupfen drinnen. Den haben sie dann heraus. Der hat gemeutert und geschimpft. Wir haben ihn nicht verstanden. Vielleicht war es ein Ausländer.

Wie helfen?

Jedenfalls hat die Mutter gesagt: »Das hättest nicht sagen sollen.« Solchen Situationen waren Kinder ausgeliefert. Ich habe damals schon Angst gehabt. Heute denkt man, viele Leute haben einen versteckt. Vielleicht hätten wir das auch machen können. Aber das kann man hinterher leicht sagen. Ich habe damals ein paar Tage nicht schlafen können. Ich kann mich heute noch genau daran erinnern. Das war sehr schlimm.

Kriegsgefangene aus Bessarabien

Nachdem alle Jugendlichen zur Wehrmacht eingezogen waren, haben wir keine Arbeiter mehr gehabt. Das war beim Marterbauer so, das war bei uns so, das war bei unserem Onkel Robert so. Worauf eines Tages der Herr Marterbauer zu meinem Vater gesagt hat, er wird sich um Gefangene bemühen. Vielleicht lässt sich da bei der Wehrmacht was machen. Die ersten Gefangenen müssen so 1942 gekommen sein. Die waren nicht lange da. Über den Winter waren sie da, das weiß ich noch. Wieso sie weggekommen sind, weiß ich nicht. Es waren so genannte Bessarabier. Die haben alle hohe Lederstiefel gehabt, waren schwarz gekleidet und hatten so Karakulschaf-Mützen. Direkt wie in einer Tracht. Sie waren sehr fleißig und es hat keine Probleme mit ihnen gegeben. Die wurden aber abgezogen.

Belgier und Franzosen

Jetzt sind die drei Firmen wieder ohne Arbeiter dagestanden. Hat der Herr Marterbauer wieder angesucht. Hat's geheißen, wir kriegen Belgier und Franzosen. Das ist bewilligt worden und die sind dann gekommen. Vorher mussten wir noch ein Lager für sie errichten. Das wurde in Purkersdorf, Deutschwald gemacht. Da war ein altes Gasthaus, das hat »Zur Bachstelze« geheißen. Dieses Gasthaus war zugesperrt und war für ein Lager geeignet. Der Herr Marterbauer hat das Holz hergegeben, mein Vater hat die Arbeit gemacht und die Küche, Stockbetten und so weiter saniert. Dann ist ein ganzer Trupp gekommen. Wie viel Leute das waren, weiß ich nicht. Das größere Kontingent hat der Marterbauer gehabt. Der hat ja hauptsächlich nur geschnitten. Der Herr Marterbauer und mein Vater waren ja keine Konkurrenten, sie waren Kollegen. Weil der Marterbauer hat die Handelssäge gehabt und wir haben nur die Säge für die Zimmerei gehabt. Erst wie die Jungen gekommen sind, ist es anders geworden.

Sehr gute Erinnerungen

Ich muss sagen, ich habe eigentlich nur sehr sehr gute Erinnerungen an die Gefangenen. Ich glaube, diese Leute haben sich, obwohl sie Gefangene und bewacht waren, wohl gefühlt. Ich habe später dann gehört, dass zwei von diesen Gefangenen Österreicherinnen geheiratet haben.

Zimmer beschlagnahmt

In der Kaserne in Purkersdorf war die Gendarmerie. Und da waren ja sehr viel Deutsche. Eines Tages ist einer gekommen und hat ein Zimmer beschlagnahmt. Die Mutter hat ihm unser Wohnzimmer gezeigt. Der hat dann gesagt: »Ja, das beanspruchen wir. Wir haben einen Herrn Gilgenbach, der seine Familie nachkommen lässt.« So im Oktober, November 1944. Der Herr hat das dann bezogen. So etwas Nettes von einem Menschen. Und da kamen dann seine Frau und seine Tochter, die Rita. Die haben in dem Zimmer gewohnt und am Samstag und Sonntag ist der Herr Gilgenbach dazugekommen.

»Bitte, kommen Sie mit ...«

Und als dann im Jahre 45 die Kaserne aufgelöst wurde, hat er seine Familie schon acht Tage vorher – weil die haben ja schon gewusst, wo die Front verläuft – wieder abgesetzt Richtung Deutschland. Später haben wir erfahren, die sind wieder gut nach Hamburg gekommen. Und der Herr Gilgenbach hat dann bei uns gewohnt und hat sich verabschiedet.

»... das überleben Sie nicht!«

Er hat dann zu meiner Mutter Folgendes gesagt: »Frau Wanas, wir nehmen Sie mit.« Meine Mutter hat gesagt: »Wieso? Ich bleibe da. Ich habe ja mein Haus da und meine Kinder. Ich warte auf meinen Mann.« Er hat sie drei-, viermal gefragt.

Genau gewusst, was sich im Osten abspielt

Er hat dann gesagt: »Ich bitt Sie, Frau Wanas, kommen Sie mit. Denn wenn die Russen das machen, was unsere Leute im Osten gemacht haben, dann überleben Sie das nicht.« Die haben genau gewusst, was sich im Osten abspielt.

Dageblieben

Zwei Tage bevor die Kaserne total geräumt wurde, kam er noch einmal. Im selben Augenblick kam von der rückwärtigen Einfahrt ein Flüchtlingstross herein. Das waren deutsche uniformierte Soldaten. Die haben gesagt: »Alles ist besetzt. Sie haben hier nichts mehr verloren.« Der Herr Gilgenbach hat diese Leute vertrieben. Der Herr Gilgenbach hat dann meine Mutter noch einmal gebeten: »Kommen Sie mit uns, ich bitt Sie.« Meine Mutter ist aber dageblieben.

Die Russen sind da

Wir haben uns halt so rübergerauft. Wir haben einen Garten gehabt und Tiere, bis halt im 45er-Jahr die Russen gekommen sind. Es war eine gewisse Stille im Ort. Man hat direkt gewartet, dass es jetzt losgeht. Drei, vier Tage, nachdem die alle weg waren. Meine Mutter hat ein paar Leintücher zerrissen und hat allen Frauen weiße Kopftücher aufgesetzt. Wir haben die nicht einmal aufgehabt, waren die Russen herinnen. Ein russischer Jeep und hintennach zwei Mannschaftswagen. Die Russen sind da. Na, für uns Kinder war das ja was. Das waren Weißrussen. Diszipliniertes, geschultes Personal. Nicht das, was dann gekommen ist.

Russischer Klavierspieler

Die haben einen Dolmetscher gehabt. Die haben gesagt, sie sind die Vorhut. Sie schauen alles an, wo was hinkommt. Es kommt eine Werkstätte, eine Küche und so weiter. In der Zwischenzeit ist einer hinein ins Wohnzimmer, hat das Klavier gesehen und hat zum Klavierspielen angefangen. Der hat da eine Stunde gespielt. Wir haben alle so viel Angst gehabt und auf einmal war das gar nicht so. Der hat da Klavier gespielt. Ich höre es heute noch: das Warschauer Konzert und andere Sachen. Der Dolmetsch hat noch erklärt, dass da bei der Mutter im Haus die Küche ist und beim Wohlmuth wird das Lazarett sein. Und dann sind sie abgezogen. Und so ist es dann wirklich gekommen.

Von der Küche zur Werkstätte

Bei uns war die Küche, da wurde Tag und Nacht gekocht. Da war ein russischer Koch. Und wir Kinder waren im ersten Stock. Da haben sie uns nichts gemacht. Eine Russin war dabei. So was von einer feschen Person. Die ist einmal gekommen und war total übermüdet. Die Mutter hat sie hinunter in den Keller geschickt. Und da hat sie einen halben Tag geschlafen. Die waren auch übermüdet. Es war ja nicht so, dass die nichts mitgemacht haben, die Russen. Im Raum Purkersdorf war in der ersten Zeit ja auch eine Fraueneinheit eingesetzt. Beim Wohlmuth war das Lazarett. Da haben sie dann die Toten gebracht. Vom alten Riedmüller haben sie die in die schönen Perser eingewickelt und gleich neben dem Schreier, da war ein großer Lindenbaum, begraben. Die haben das dann geändert: Nachdem wir mehr Platz bei uns gehabt haben, haben sie die Autowerkstätte herüber zu uns und die Küche war dann beim Wohlmuth.

Fast nach Sibirien

Die Familie Riedmüller war zu unserer Familie immer ein guter Kunde und auch freundschaftlich verbunden. Die Riedmüller haben Vieh gekauft und hergebracht. Dann kommen die Russen und es kommt zu einem Streit wegen dem Vieh mit dem alten Riedmüller. Worauf die Russen den Riedmüller packten, in ein Auto hinein. Sie haben ihn dann zu uns auf den Platz gebracht. Neben der großen Schupfen war eine kleine Kammer, die Nagelkammer. Da waren Nägel, Schrauben und so weiter drinnen. Dort haben ihn die Russen hinein. Das war sehr brenzlig. Der wäre fast nach Sibirien gekommen. Meine Mutter hat sich für ihn eingesetzt. Erst spät in der Nacht haben sie ihn freigelassen.

Mein Vater kommt zurück

Mein Vater wurde im Mai 45 von den Amerikanern gefangen genommen und nach Bad Reichenhall gebracht. Dort ging es ihm verhältnismäßig gut. Nach seiner Freilassung verbrachte er vier bis fünf Wochen bei einer Bekannten in Bad Hall. Zunächst konnte er ja nicht nach Hause – in die russische Zone. Aber dann trieb ihn das Heimweh doch nach Hause. Nach einer abenteuerlichen Reise erreichte er Purkersdorf. Mein Vater hatte den früheren Purkersdorfer Bürgermeister, den alten Herrn Marterbauer, der krank war und alleine nicht mehr die Kraft für eine solche Reise hatte, nach Hause mitgenommen. Seine Frau war meinem Vater dafür ein Leben lang dankbar.

Durchhaltevermögen

Bei uns zu Hause war die Freude riesengroß, denn mein Vater kam genau zu Mutters Namenstag zurück. Und noch dazu gesund. Als mein Vater dann sah, wie es bei uns zuging – die Russenwerkstätte auf unserem Betriebsplatz, das Wohnhaus eine Werksküche –, wollte er wieder nach Oberösterreich zurück. Er meinte, dort ist es ruhiger. Aber er hat nicht mit meiner Mutter gerechnet. Die hat durchgehalten und bestand darauf, dass er es auch probieren muss. Jahre später war er ihr für ihr Durchhaltevermögen dankbar.

Die Frauen haben schon was mitgemacht

Sie hat zum Beispiel organisiert, dass unsere alten Blochwägen, die die Russen in den Wienfluss hinuntergeschmissen haben, wieder heraufgezogen wurden. Gebraucht hat sie sie nicht. Aber sie hat sie gegen Lebensmittel umgetauscht. Die Frauen haben Gewaltiges geleistet. Die haben schon was mitgemacht.

Nachbarschaftshilfe

Wie hat das Ganze nach 45 wieder angefangen? Man hat zum Beispiel kein Holz gehabt im Haus. Na, hat mein Vater gesagt: »Wir haben eh eine Brennholzsäge im Haus.« Geschickt war er. Hat er aus einem alten Dieselmotor und einem Brennholztisch eine fahrbare Brennholzschneidemaschine gemacht. Dann hat er einmal Brennholz für uns geschnitten. Das hat der alte Wohlmuth gesehen. Also gut, hat man ihm das Brennholz geschnitten. Statt dem Geld hat der uns Fleisch gegeben. Das war's ja nicht. Als Nächster ist der Staniek gekommen. Wieder ein Fleischhauer. Wie kommt man mit der Brennholzsäge zu den Häusern? Kommt der Wohlmuth, der hat ja ein Ross gehabt. Diesel hat man auch irgendwo hergeschachert. So hat man sich gegenseitig geholfen. Der eine hat mit Naturalien bezahlt, der andere mit Diesel. Erst in der letzten Phase ist dann mit Geld bezahlt worden. So hat es begonnen bei uns.

»Lohnschnitt«

Dann hat mein Vater schön langsam wieder mit der Zimmerei angefangen. Es war in Purkersdorf viel kaputt. Es gab ja viele Villen. Nur waren wenige Besitzer, die ein Geld gehabt haben. Mein Vater hat sehr viel »Lohnschnitt« gemacht. Für Leute, die Holz gehabt haben und sich selbst etwas repariert haben. Das hat begonnen mit dem Temper Karl. Der war Bauer und Bauern-Ortsgruppenführer Tullnerbach-Irenental. Der war recht zufrieden und dann sind viele Bauern gekommen. Das war halt eine

Gemeinschaft damals. Wenn ich heute hinausgehe, ich kenne von der Gassen die halberten Leute nicht mehr.

Vieh gehalten

Wir haben unter anderem sehr viel Vieh gehalten: Hendln, Enten, Gansln, Ziegen, Schweine. Man musste ja immer melden, wie viel Tiere man hat. Damals ist von der Gemeinde der Tierzähler gekommen und ist in den Stall gegangen und hat genau nachgezählt. Um aber den Leuten genug Essen geben zu können, ist man mit einer oder zwei Sauen nicht ausgekommen. Wir haben einen Verschlag gehabt, da haben wir zwei Sauen drinnen gehabt. Die hat der Zähler aufgenommen. Hinten war ein zweiter Verschlag, da haben wir immer geschwind die anderen Sauen versteckt. Meine Mutter hat ja bis 48 für alle Arbeiter gekocht. Am Anfang nur für zwei, dann aber für fünfzehn, zwanzig. Die Sauen haben wir meistens am Samstag abgeschlagen. Statt einer halt oft zwei. Im 45er-Jahr war ja alles Mangelware.

Eine Delikatesse: »Blunznsuppe«

Das höchste der Gefühle für viele war eine »Blunznsuppe«. Das heißt: das Wasser, wo die Blunzn dahingezogen sind. Da hat man dann eine Blunzn aufgestochen, dass die ausgeronnen ist, damit die Blunznsuppe einen Gehalt gehabt hat. Das war ganz was Köstliches.

Der Ortsvorsteher damals, der Zurek, zugleich Schneider, hat schon gewusst: Heute ist beim Wanas Schlachttag. Um zwölf Uhr ist er schon aufgetaucht mit der Milchkanne um eine Blunznsuppe. Jahre später hat der Zurek zu meinem Vater gesagt: »Dass sich das alles ausgegangen ist, mit einer Sau.« Sagt mein Vater: »Das waren ja eh zwei.« Da hat es aber nichts mehr gemacht. Vorher hätte er es nicht wissen dürfen. Damals hat es keinen Kühlschrank gegeben. Da hat man die Blunzn geselcht. Haben Sie das schon gegessen? Eine Delikatesse.

Zigeuner

Ich bin in meiner Jugend nie mit Zigeunern konfrontiert worden. Wir waren aber bei einem Zigeuner in Wien, eine Kundschaft. Der war ein Nagelschmied. Nach dem Tod meines Vaters sind die ins Burgenland übersiedelt. Man hat so viel gehört von den Zigeunern. Ich habe gedacht, das kann doch kein Zigeuner sein. Ein tipptopp Nagelschmied. Wir haben nirgends so gute Klampfen gekriegt wie bei dem. Das waren hochanständige Menschen.

Aus Dachau zurück

Wir hatten in unserer Firma einen Steuerberater. Dieser Steuerberater war Jude. Der Herr Kristinus. Er war aber ein Steuerberater von einmaliger Güte. Der hat alle Bäcker in Purkersdorf als Kunden gehabt. Er war ein Wiener. Eines Tages hat es geheißen, es kommt die Frau Kristinus, weil der Herr Kristinus ist eingesperrt. Genaues hat man nicht gewusst. Man hat dann erfahren, dass er in Dachau ist. Diese Frau hat alles gemacht und hat ihren Mann wieder zurückgebracht. Der hat dann zu niemandem was gesagt. Er hat nur gesagt: »Wenn ich das alles erzähle, was ich erlebt habe, ihr würdet es nicht glauben.«

Über Nacht weg

Dann war noch einer, der Herr Blaschek. Der Herr Blaschek war Jude. Die haben eine Tochter gehabt. Der hat alle aufschreiben lassen. Der war eines Tages über Nacht weg. Mein Vater hat gesagt, das war der Inbegriff eines hochanständigen Juden. Warum der weg ist? Vielleicht hat ihn doch einer vernadert. Genaues hat man nie erfahren. Mehr weiß ich nicht. In Purkersdorf waren nicht viele Juden.

Die Bundesstraße 1

Die Bundesstraße hat ja alles gesehen: zuerst die Begrüßung vom Adolf. Dann die Flüchtlinge, die aus der Zips, aus dem Banat, aus Ungarn gekommen sind. Die haben alle so Holzwagerln gehabt und so weiße Ochsen mit so langen Hörnern. Die Letzten dann waren sehr arm. Die sind 700 km und mehr gegangen. Eines Tages ist meine Mutter zur Bahn gegangen. Damals war die Bundesstraße von uns bis zur Pummerbrücke mit Alleebäumen und einem Wassergraben. Und wie wir so gehen, nahe der Pummerbrücke, sehen wir auf einmal, wie sie das Sanatorium Purkersdorf evakuieren. Mit Polizei und Uniformierten. Die haben diese Leute regelrecht ausgetrieben. Wir sind zum Bahnhof hinüber und da ist gerade ein Waggon mit Flüchtlingen gewesen. Die waren nur in so offenen Waggons. Ich kann das heute gar nicht mehr schildern. Es war furchtbar. Diese Zeit – Oktober, November 1944 – war fürchterlich. An das möchte ich heute gar nicht mehr denken.

Österreich-Radrundfahrt

Die alte Bundesstraße war gepflastert mit Pflastersteinen. Da war der Bahnschranken. Immer, wenn auf der Bahn was gefahren ist, ist der Schranken zugegangen. Im Jahre 49 war auf der Bundesstraße, über den Riederberg, die österreichische Radrundfahrt. An der Spitze ist der Österreicher Menapace gefahren. Der ist als Erster dahergekommen. Da ist der Bahnschranken zugegangen. Der große Schranken, für die Autos, war schon zu. Der kleine, für die Fußgänger, war noch offen. Der Menapace hat das überrissen, ist abgestiegen, ist mit dem Radl durch den Fußgängerschranken durch, ist wieder aufgestiegen und weiter nach Wien gefahren. Dadurch hat er fünf Minuten gewonnen. Wie der Tross kam, haben die durch das Rattenloch durchmüssen. 1950 hat der Menapace die Radrundfahrt wieder gewonnen.

Maiaufmärsche

Auf dem Stückl vom Hauptplatz bis zur Pummerbrücke waren immer die berühmten Maiaufmärsche. Von der Sozialistischen Partei und von der Kommunistischen Partei. Mit den Fahnen und den Transparenten. Wunderschön zum Anschauen. Ich habe nicht mitgehen dürfen, weil ich war ja im christlichen Lager. Das gehört auch zur Bundesstraße 1.

Der Wienfluss

Der Wienfluss gehörte der »Wienfluss-Aufsicht der Stadt Wien«. Die haben ihr Büro heute noch in Hadersdorf. Der Fluss war teilweise an Fischer verpachtet. Wir Kinder haben genau gewusst, um welche Zeit die kommen. Dann sind wir schon verschwunden vom Bach. Vorher waren wir fischen. Wir haben Hechte gefangen, Forellen, alles Mögliche. Die Weißfische haben sich ja vorwiegend hinter großen Steinen versteckt. Da haben wir immer ausgegriffen. Mich wundert ja, dass wir nie eine Schlange erwischt haben. Wenn ich heute daran denke, fürchte ich mich ja.

An der Wien. Anna Maria Langer mit Eltern und Bruder, 1942

Aus dem Wienfluss getrunken

In unserer Gasse waren viele Kinder. Sieben bis zehn Kinder. Je nachdem, wer gerade da war. Auf der drüberen Seite waren die, die ein bisschen ärmer waren. Der schönste Ort war für uns der Wienfluss. Das Gebiet von der Pummerbrücke bis dorthin, wo die Gablitz in den Wienfluss kommt. Da war noch so ein reines Wasser, dass du nicht daran gedacht hast, dass du krank wirst, wenn du einen Schluck machst. Wir haben immer so größere Schwellen gebaut. Das war ein Eldorado für uns Kinder. Bis wieder ein Hochwasser gekommen ist und unsere Mauern weggerissen hat.

Fische fangen …

Die Russen, wie sie gekommen sind, haben ja ein gutes Verhältnis mit uns Kindern gehabt. Wir haben immer mit ihnen fischen gehen müssen. Sie sind immer oben auf der Brücke oder auf der Mauer gestanden und haben ins Wasser geschossen. Durch den Druck sind die Fische gestorben und aufgestiegen. Wir Kinder haben sie zusammenfangen und in die Kübel reingeben müssen. Nach Hause tragen, die Fische putzen, ausnehmen und den Russen braten und ein Ei drübergeben.

… und Äpfel braten

Einmal waren so viele Kröten da, dass sich sogar die Buben gegraust haben. Weiter oben, Richtung Tullnerbach, war der Gummischuster, der Dorfner. Der hat aufblasbare Autoreifen gehabt. In der damaligen Zeit! Wenn der Herbst gekommen ist, sind die Äpfel gestohlen und am Fluss unten gebraten worden. Es war eine schöne Zeit, obwohl wir kein Spielzeug gehabt haben.

Purkersdorf als Ausflugsort

Purkersdorf war ja ein Ausflugsort. Man ist mit dem Pendler entweder bis Purkersdorf gefahren oder, wenn einer kein Geld gehabt hat, sind sie bis Hütteldorf gefahren. Es haben viele am Wienfluss gelagert. Haben da gebadet, sich gesonnt. Und sind am Abend wieder in die Stadt zurück.

Mehr Dorf als Stadt

Purkersdorf war früher, auch nach dem Krieg noch, eigentlich keine Stadt, sondern ein Dorf. Eine ländliche Gegend. Wir haben ja Bauern gehabt, Kutscher gehabt. Viele Leute haben Gärten gehabt. Die Villen waren alles Häuser mit parkähnlichen Anlagen. Gemüsebeete, Kleintierzucht. Es hat den »Kleintierzüchterverein« gegeben. Hasen, Ziegen, Hühner, einige hatten Truthendln, Schweindln. Katzen und Hunde sowieso. Wir haben alles Getier gehabt, was nur möglich war.

Vom »Krist-Bad« zum Wienerwaldbad

Das jetzige Wienerwaldbad gibt's ungefähr seit dem Jahre 1920. Das »Krist-Bad«. Das hat einer Familie Krist gehört. In diesem

Bad war alles aus Holz. Mit einem riesengroßen Wasserbecken. Dieses Becken wurde aus dem Wienfluss gespeichert. Der Fluss hat beim Staubmann eine Wehr gehabt. Das Wasser ist einem kleinen Bacherl entlang neben der Tullnerbachstraße geronnen. Das war der Zulauf zum Schwimmbecken. Man hat im Bad nicht einmal einen Blutegel gefunden. Das Bad wurde immer am Dienstag ausgelassen und bis zum Wochenende war's wieder voll. Die Arbeiterjugend hat ja kein Geld gehabt. Die haben dann hineindürfen und haben das Bad geputzt.

Das »Waldbad«

Es hat noch ein zweites Bad gegeben: das »Waldbad«. Unten im Steinbruch, Purkersdorf-Sanatorium. Das hat einer Frau Scholz gehört. Das Bad war sehr schön, aber auch teuer. Da hat nicht jeder hineingehen können.

Die Wiener Straße: Gasthaus, Tischlerei, Schuster, ...

Was früher Geschäftsleute und Gewerbebetriebe in Purkersdorf waren! Wenn ich mir das nur von der Pummerbrücke bis zum Bahnschranken überlege. Also von der Hausnummer 1 bis zur Hausnummer 21: Das Haus Nr. 21 war das Gasthaus »Magenbauer«. Das hatte einen Tanzsaal, da bin ich selber noch tanzen gewesen. Später hat das die Gewerkschaft gekauft, das »Volkshaus«, und heute ist das Gymnasium drinnen. Im Nachbarhaus war ein Herr Scheiblauer. Der hatte eine Tischlerei, die dann von der Familie Braunias übernommen wurde. Im selben Haus war auch ein Schuster. Ein richtiger Flickschuster, der alte Wisamering. Jetzt haben wir eine Fahrschule.

Apotheke, Arzt, Post, ...

Das nächste Haus – Hannerkamp, der Großvater von der Frau Dr. Jentsch – war immer eine Apotheke. Leider waren die ein bisserl auf der anderen Seite. Da haben sie dann jemanden reingesetzt, das war die Familie Kern. Und als das Haus die Familie Jentsch wieder zurückbekommen hat, sind die Kern ausgezogen. Dann war ein Haus, das haben sie weggerissen. Das war der

Dr. Weiss. Der Dr. Weiss war ein sehr sehr beliebter Arzt für die Armen und Arbeiter. Der hatte eine Tochter, die hat den Herrn Ing. Hein geheiratet. Dann war die Post.

Greißler, Schuster, Volksbank, Schneider, SPÖ, …

Dann kommt das Haus Matzka. Das hat der Frau Matzka und der Frau Riedl gehört. Da war unten eine kleine Greißlerei, der Herr Blaschek. Der Blaschek war ein Jude. So liebe, nette Menschen, die allen geholfen haben. Besonders jenen, die in der Zwischenkriegszeit arbeitslos waren. Eines Tages waren sie fort. Man weiß bis heute nicht, wohin. Da ist dann der Herr Melzer eingezogen. Hinten im Hof war der »Puhm-Schuster«, der orthopädische Schuster. Daneben war das Grundbüro der Volksbank Purkersdorf. Mein Vater war im Aufsichtsrat und im Vorstand. Dann war der Zurek-Schneider. Die haben einige Gesellen gehabt. Der eine war der Schöndorfer, der letzte Bauer am Sagberg. Heute ist die Buchhandlung Mitterbauer drinnen. Daneben war ein kleines Lokal, die Urzelle der SPÖ-Purkersdorf. Dort hat der Herr Buchmüller gearbeitet.

Hotel und Kino, …

Das nächste Haus war ein Hotel samt Kino. Pächter waren da viele drinnen. Ich kann mich noch in der Kriegszeit an den Film »Heimatland« erinnern. Die Hansi Knotek, diese Heimatfilm-Schauspielerin, hat ja auf der Minder- oder Postsiedlung gewohnt. Wenn die gespielt hat, ist alles ins Kino gerannt. Nach dem Krieg haben sie nur Russenfilme gespielt. Das waren so märchenhafte Filme, die waren großartig. Die ersten Farbfilme. Wir sind mit Begeisterung ins Kino gegangen. Für uns hat's ja nichts anderes gegeben. Wie sie den »Graf von Monte Christo« gespielt haben, da waren noch Stehplätze, zusätzlich Sessel. So viele Leute wollten da ins Kino. Leider kam dann das Fernsehen und da war's dann aus.

Zahnarzt, Fahrschule, Bäckerei, Gummischuster, …

In dem Hotel war auch immer ein Zahnarzt drinnen. Auf der anderen Seite herunten war immer eine Fahrschule drinnen. Das nächste, das 14er Haus, gehörte dem Herrn Cumfe. Da war eine Bäckerei drinnen. Das nächste Haus gehörte einer Wiener Fabrikantenfamilie. Im nächsten Haus waren immer mindestens vier, fünf Parteien. Die haben nur auf Zimmer/Kuchl gewohnt. Oft sechs, sieben Leute. Am Ende des Hauses war ein Gummischuster drinnen.

Aasverwertung und Rossfleischhauer, …

Zwischen den Häusern war ein Raum. So eine Art Garage. Die hat man später weggerissen. Diese Garage wurde für das Aas verwendet. Alle verendeten Tiere musste man dorthin bringen. Gestunken hat es als wie. Und dann kommt die Brücke. Gleich nach der Brücke war eine Einfahrt. Da war die berühmte Turm-Villa. Das nächste Haus ist das Enter-Haus. Das war ein Vierkanthof. Da haben bestimmt zehn Parteien gewohnt. Unter anderem der Staniek, der Rossfleischhacker von Purkersdorf. Das Geschäft hat er am Hauptplatz gehabt. Er war eine Institution. Er war preisgünstig. Die ganzen armen Purkersdorfer sind zum Staniek einkaufen gegangen.

Tankstelle und Mostschank, …

Das nächste Haus war die Shell-Tankstelle. Dann ist das Haus Schober gekommen. Die Frau Schober war Kriegswitwe, hatte zwei kleine Kinder. In dem Haus haben noch vier oder fünf Parteien gewohnt. Unter sehr ärmlichen Verhältnissen. Das nächste Haus, wo wir jetzt sitzen, gehörte einem Herrn Rittky. Der betrieb einen Mostschank. In diesem Haus haben noch drei Familien gewohnt, auch eine Familie Hajduk. Die haben acht Kinder gehabt und auf Zimmer und Kuchl gewohnt. Das nächste Haus gehörte der Familie Wohlmuth. Der Hansi ist ja bekannt. Wenn er am Abend, wenn er mit der Arbeit fertig war, nach Hause kam, hat er Klavier gespielt. Da war immer das Fenster offen. Es sind immer irgendwo Leute gesessen, die ihm zugehört haben. Die beste Nachbarschaft, die es je gegeben hat, war mit der Familie Wohlmuth. Das war einmal die gerade Seite unserer Gasse.

Binderei, Fleischselcher, Wagnerei, …

Jetzt kommt die ungerade Seite. Die beginnt beim Kriegerdenkmal, ist aber entlang des Gablitzbaches ohne Häuser, weil ja kein Platz war. Das erste Haus war das von der Familie Schindler. Der Herr Schindler war Bindermeister. Das nächste Haus hat einer Frau aus Wien gehört. Dort waren vier Parteien drinnen. Das waren Sozialisten. Sozialisten, wo man wirklich den Hut hat ziehen müssen. Das waren echte Genossen von Schrot und Korn. Dann kommt das Haus Balisch. Das war ein Wiener Fleischselchermeister. Dann das Spirk-Haus, auch ein Privathaus. Dann das Chavert-Haus. Der alte Herr Chavert war ein Wagnermeister. Die sind schon über 150 Jahre in Purkersdorf.

Zimmerei und Säge Wanas

Das nächste ist dann mein Elternhaus. Zimmerei und Säge. Wenn man bedenkt, was wir alles für Handwerker in Purkersdorf gehabt haben. Heute muss man, um das zu sehen, ins Museum gehen.

Im Vordergrund Zimmerei und Säge Wanas, 1910

»Warum haben sie gerade mich weggegeben?«

Leopoldine Van Muysen

Ich wurde 1921 als Leopoldine Tacho in Wimpassing geboren.

Ungeliebt

Mein Vater hatte eine Fleischhauerei mit Viehhandel und wünschte sich einen Buben. Umso größer war die Enttäuschung, als ich als dritte Tochter zur Welt kam. Drei Tage lang war mein Vater nicht nach Hause gekommen. Um meinen ersten Geburtstag ist dann der lang ersehnte Bub gekommen. Die Leute unserer Ortschaft durften drei Tage lang auf Kosten meines Vaters essen und trinken. Mein Vater war ein herrischer Mensch. Meine Mutter hatte bei ihm nichts zu reden. Er ist jedes Mal um drei Uhr in der Früh aufgestanden. Er war wie ein Arbeitstier.

Wir hatten keine Spielsachen

Die meiste Zeit meiner ersten drei Lebensjahre verbrachte ich bei meiner Großmutter. Ich habe bei ihr geschlafen, in ihrem Bett, mit einem Strohsack zugedeckt. Meine Großmutter habe ich sehr gern gehabt. Obwohl sie nicht meine richtige Großmutter war, sondern die Großmutter meiner Halbschwester. Meine Mutter befand sich nämlich mit meinem Vater in zweiter Ehe. Ihr erster Mann ist gestorben. Aus der ersten Ehe brachte sie meine um zehn Jahre ältere Halbschwester Anni mit. Wir hatten keine Spielsachen, was uns aber nicht störte, da wir sehr erfinderisch waren. Zum Beispiel sind wir mit Holzstecken und -spänen Zug gefahren. Meine Großmutter schaute uns zu und dabei hab ich ihr durch eine unglückliche Bewegung mit einem Holzsteckerl ein Auge ausgestochen. Natürlich unabsichtlich. Das war für mich schrecklich, als ich das Blut gesehen habe. Ich lief zu meinen Eltern und habe »Verbinden! Verbinden!« geschrien. Seither kann ich kein Kind mit einem Staberl in der Hand sehen.

Von den Eltern weggegeben

Mit drei oder vier Jahren nahm mich meine Großmutter zu den Marterbauers nach Purkersdorf mit. Die Frau dieses Ehepaares war die Tochter meiner Großmutter und zugleich die Schwester des bereits verstorbenen ersten Mannes meiner Mutter. Das Paar konnte keine Kinder haben. Und der Vater Marterbauer wollte sehr gerne Kinder haben. Ich war damals ein kleines, verschrecktes Bauernmädl und versteckte mich hinterm Kittel der Großmutter. Ohne mich nur irgendwie darauf vorzubereiten, hat mich meine Großmutter bei den Marterbauers zurückgelassen.

Das Ausnahmehaus viel billiger bekommen

Aus Wimpassing kamen oft Briefe meiner Mutter mit der Frage, wann ich denn wieder zurückgebracht werde. Später hab ich dann erfahren, dass die Marterbauers mit meinem Vater ausgemacht haben, dass ich bei den Marterbauers bleibe und dafür kriegen meine Eltern das Ausnahmehaus viel billiger. Meiner Mutter hat das schon wehgetan, dass ich weggekommen bin. Sie hat immer gesagt: »Du, Poiderl, ich bete für dich.« Sie hat gemeint, dass ich es bei den Marterbauers besser habe als zu Hause. Hat sie geglaubt.

Die Stiefmutter

Die Marterbauer-Mutter hat vor meiner richtigen Mutter immer geschimpft über mich: »Was glaubst, was das für schwer erziehbares Kind ist. Was mich die alles anschauen lässt.« Und meine Mutter ist mir über den Kopf gefahren und hat gesagt: »Geh, Poiderl, sei brav.« Heute noch kommt mir das bis in die Seele hinein. Ich habe sehr schwere Zeiten in Purkersdorf erlebt, weil meine Stiefmutter immer gesagt hat, ich gerate ganz meinem Vater nach – und ich wusste, dass sie diesen hasste. Sie sagte auch, ich habe das Unglück ins Haus gebracht und ich bin eh nur da, weil ich erben will. Der Neid und der Hass, das ist das Schrecklichste, was die Familien und die ganze Gesellschaft zugrunde richtet.

Warum gerade ich?

Ich habe das alles ja nicht kapiert. Ich war drei, vier Jahre alt, als ich zu den Marterbauers gekommen bin – 1924. Ich denke nicht gerne an meine Kindheit zurück. Ich weiß, dass mich damals der Herrgott beschützt hat, denn ich wollte mir einige Male das

Leben nehmen. Ich war so unglücklich und fühlte mich so unverstanden. Ich habe mich immer wieder gefragt: »Warum haben sie gerade mich hergeschenkt?« Mit zehn Jahren habe ich mich in der Nacht an den Haaren gerissen und mich gefragt, warum ich da bin. Warum?

Die Familie Marterbauer

Die Familie Marterbauer war ursprünglich in der Herrengasse. Dort haben sie eine Meierei gehabt. Der Marterbauer-Vater war Christlich-Sozialer, der eine Bruder, der Pepi, war Roter und der Franzi, Schuldirektor in Gersthof, war Nationalsozialist. Und das war alles, bevor der Hitler gekommen ist. Die Marterbauer-Mutter war Christlich-Soziale und Monarchistin noch dazu. Ich habe eine harte Schule mitgemacht, aber ich habe wirklich sehr viel gelernt von ihr. Ich habe dann das Geschäft 25 Jahre geführt.

Das Ziegelfeld

Das Ziegelfeld war eine große, unverbaute Wiese. Da wir das Heu für die Pferde brauchten, wurde diese Wiese von den Marterbauers gemäht und gerecht. Schon als Kind fuhr ich mit dem Heuwagen mit und brachte den Arbeitern die Jause. Später half ich bei der Heuernte mit. Das Ziegelfeld wurde meinem Stiefvater um einen Schilling pro Quadratmeter angeboten. Als Bürgermeister nahm er das Angebot aber nicht an.

Zu Hause auf Besuch

Mit zirka zehn Jahren hatte ich den sehnlichsten Wunsch, meine Eltern für ein paar Tage in Wimpassing zu besuchen. Dieser Wunsch wurde mir erfüllt. Mein Vater ließ mich den ganzen Tag arbeiten. Da ich die landwirtschaftliche Arbeit nicht gewöhnt war, hat er mit mir geschrien: »Heast, Poidi, schau dassd wieder hamkummst. Du hoitst die Leut nur von der Arbeit auf.« Ich höre ihn noch heute schreien.

Bei den »Englischen Fräulein«

Meine Volksschulzeit verbrachte ich in Purkersdorf, die Hauptschule besuchte ich bei den Dominikanerinnen in Hütteldorf und die Handelsschule absolvierte ich bei den Englischen Fräulein in St. Pölten, im Internat. Ich war so selig und glücklich. Ich wurde angenommen, so wie ich war. Das erste Mal konnte ich mein Herz ausschütten. Es hörte mir jemand zu. Ich konnte zu anderen Menschen Vertrauen aufbauen. Meine Stiefmutter war anfangs gegen diese Schule: »Wir brauchen dich zum Arbeiten und wir haben keine Zeit für diese Schule.« Wir waren damals mit der Riedmüller Gretl befreundet. Sie redete meiner Mutter (ich werde meine Stiefeltern ab jetzt mit Mutter und Vater bezeichnen) so lange zu, bis sie schließlich doch damit einverstanden war.

»Poiderl, wir schaffen das!«

Meine Mutter und ich fuhren wegen der Anmeldung zur neuen Schule nach St. Pölten. Die Präfektin studierte mein Zeugnis und sagte: »Ja, mit dem Zeugnis kannst du nicht in die Handelsschule gehen. Da kann ich dich nicht nehmen.« Daraufhin sagte meine Mutter: »Na, was glauben Sie, was ich mit dem Madl alles durchgemacht habe.« Und sie hat geschimpft über mich. Die Präfektin hörte zu und sagte schließlich: »Poiderl, wir schaffen das!«, und sie nahm mich an der neuen Schule auf.

Zum ersten Mal über meine Probleme geredet

Nach drei, vier Wochen habe ich über alles gesprochen, was sich in mir aufgestaut hat. Es folgte ein Nervenzusammenbruch. Damals war ich fünfzehn. Die Präfektin, sie hieß Martha Unger, war für mich in dieser Zeit ein Mutterersatz. Ich verehrte sie über alles und war zum ersten Mal in der Lage, über meine Probleme zu sprechen.

Der direkte Draht zu Gott

Ich habe erst im Internat bei den Englischen Fräulein zu meinem Glauben gefunden. Von meiner Präfektin habe ich diesbezüglich viel gelernt und habe alleine geistig daran gearbeitet. Der Herrgott hat mir wirklich geholfen. Sonst würde ich gar nicht mehr leben. Ich war schon damals von der Religion, meinem Glauben und dem Inhalt der Bibel sehr überzeugt, was ich noch heute bin, und ich erlebte Wunder. Ich weiß es, dass mir der direkte Draht nach oben hilft. Und sonst nichts. Keine Menschen, keine Kirche. Ich möchte, dass das durchkommt: Der Herrgott hilft einem, wenn man ihn sucht und ihm vertraut.

Alles andere war Zwang

Vorher wusste ich mir mit der Religion und der Kirche nichts anzufangen. Ich musste jeden Sonn- und Feiertag pünktlich in die Kirche gehen und als Tochter des Bürgermeisters in der ersten Bankreihe sitzen. Meine Mutter hatte eine Freundin, die mein Verhalten in der Kirche kontrollierte. Damals war das alles Zwang.

Erst in St. Pölten konnte ich meinen Weg zu Gott finden.

Illegale Nationalsozialisten sprengen Brücken

In der Vor-Hitler-Zeit, als mein Vater Bürgermeister war, wurden von Nationalsozialisten am Mühlberg Brücken gesprengt. Mein Vater war zu dieser Zeit auch der Oberste bei der Polizei. Bald wurden die Täter gefasst. Drei junge Männer wurden meinem Vater vorgeführt. Er sagte: »Mein Gott, so junge Burschen. Ihr habt's ja keine Ahnung, was ihr euch da angetan habt. Ihr ruiniert ja Volksvermögen.« Er hielt ihnen eine lange Predigt, sperrte sie aber nicht ein. »Ihr seid frei … Aber ich sage euch, macht so etwas nie wieder.«

Betriebsprüfung

Später, noch während der Kriegszeit, hatten wir eine Betriebsprüfung. Zwei Wochen lang hatten zwei Prüfer alle Hände voll zu tun. Einer davon war ein großer, junger Kerl. Bis auf Kleinigkeiten hat alles gepasst. Bei der Schlussbesprechung kam der Größere der beiden zu mir und fragte mich, ob ich weiß, wer er sei. Ich hatte keine Ahnung und erfuhr bald darauf, dass er einer der Burschen war, welche die Brücken gesprengt hatten. Er bedankte sich noch einmal bei meinem Vater für sein damaliges Verhalten. Dieser Mann kam jahrelang zu uns und holte bei uns Milch und Eier. Da sehen Sie, was wieder Gutes zurückkommt, wenn man ein Mensch ist.

1938: Der Marterbauer-Vater wird als Bürgermeister abgesetzt

Mein Vater war Bürgermeister in Purkersdorf. Ich möchte erzählen, warum und wie er als Bürgermeister abgesetzt wurde: Die Gestapo oder wer auch immer – ich weiß es nicht so genau – war gekommen. Die Männer sagten zu meinem Vater: »Heil Hitler.« Mein Vater antwortete mit »Grüß Gott« und meinte: »Tut mir Leid, ich kann mich nicht von heute auf morgen umstellen.« Daraufhin sollte er nach Dachau geschickt werden. Doch Purkersdorfer Nationalsozialisten setzten sich für ihn ein. Er wurde nicht weggeschickt. Viele Leute aus Purkersdorf, die vorher Freunde meines Vaters waren, grüßten ihn nicht mehr und wandten sich von ihm ab. Darüber kränkte sich mein Vater sehr.

Jüdin?

Bei mir haben sie am Anfang geglaubt, weil ich adoptiert bin, ich bin von einem Juden. Sind sie am Anfang auf mich losgegangen und haben meinen Ahnenpass verlangt. Aber ich habe ihn zurück bis ins 18. Jahrhundert. Mein richtiger Vater war ja ein Nationalsozialist. Und meine Schwester war auch national eingestellt.

Mit SA-Uniform zur Arbeit

Wir hatten Arbeiter, die Nationalsozialisten waren. Die kamen mit der SA-Uniform zur Arbeit. Nach dem politischen Umsturz kehrte ich von den Englischen Fräulein nach Purkersdorf zurück. Meine Mutter befahl mir, mit »Heil Hitler« zu grüßen. Ich sagte im Geschäft aber weiterhin »Grüß Gott«. Dafür gab mir meine Mutter eine Ohrfeige.

Kriegszeit

Während des Krieges machten wir aus Zuckerrüben Sirup, da man sonst keinen Zucker bekam. Hinten im Stall pressten wir die Rüben. Hungern mussten wir nicht, denn wir schlachteten selbst. Wir hatten 100 Hendln, 20 Gänse, 20 Enten, vier Pferde – alles selber gezüchtet. Wir waren wie ein Bauernhof. Mein Vater in Wimpassing oben war Fleischhauer. Da habe ich Spanferkel gekriegt. Alles schwarz natürlich. Man hat ja für jede Schlachtung in die Wipplingerstraße fahren müssen, für die Bewilligung und so weiter. Wir sind angezeigt worden, weil wir die Hendln mit Weizen fütterten.

Von einem Tag auf den anderen weißhaarig

Ich ging manchmal von Purkersdorf nach Wien und wieder zurück. Auf diesem Weg sah ich einen verschütteten Luftschutzkeller. Die Leute drinnen sind verhungert. Nur eine Frau mit langen schwarzen Haaren hat überlebt. Am nächsten Tag sah ich die gleiche Frau wieder. Nur diesmal hatte sie weiße Haare. Sie bekam von einem Tag auf den anderen weiße Haare.

Kriegsgefangene angefordert

Während des Krieges waren alle Arbeiter eingerückt. Ich selbst fuhr mit dem 6-Tonner-LKW, weil keine Leute mehr da waren. Ein Bruder vom Inhaber der Zimmerei Wanas, der Robert – wir nannten ihn den Buchenkönig –, sagte zu meinen Eltern: »Ich brauche Arbeiter. Ihr kommt doch auch nicht mehr zurecht. Fordern wir gemeinsam 20 Kriegsgefangene an.« Zehn für ihn und zehn für uns. Das war 1941. Daraufhin errichteten wir in Deutschwald hinten ein Lager, indem wir das alte Gasthaus Haas gemeinsam renovierten. Dort wurden die Kriegsgefangenen untergebracht. Sie bekamen einen Lageraufseher und wurden von uns versorgt.

Was die alles aufgeführt haben

Was die Kriegsgefangenen alles aufgeführt haben. Fast jeder hatte seine Freundin. Einige Kinder entstanden durch diese Liebschaften. Es gab einen Albert. Er war Friseur und kam aus Belgien. Eine Purkersdorferin bekam von ihm ein Mädchen. Nach dem Krieg nahm er beide nach Belgien mit. Ich erinnere mich noch gut an den Robert. Er war ein kleiner Franzose und bei uns Chauffeur und zugleich Mechaniker. Die Zylinderkopfdichtung von unserem Saurer war schon sehr schäbig. Früher hatten wir jeden Monat eine hohe Mechanikerrechnung. Robert war sehr geschickt und reparierte alles selber.

Kriegsgefangene in Purkersdorf, zweite Reihe, Zweiter von links: der Ehegatte von Leopoldine Van Muysen, Josef, ca. 1942

Geschlagen

Eine junge Purkersdorferin, die ebenfalls vom Albert schwanger war, wurde deswegen schrecklich geschlagen. Sie zeigte den Gefangenen die Striemen. Die junge Frau sagte immer wieder, sie sei von einem deutschen Soldaten schwanger.

»Was haben die da verloren?«

Die Kriegsgefangenen sind zum Schreiber, einem Wirtshaus in der Kaiser Josef Straße, gegangen. Die waren dort nicht so national, dass sie einem Kriegsgefangenen nichts ausgeschenkt hätten. Der Gasthof Forthofer hieß früher Katzensteiner. Wir waren mit den damaligen Inhabern gut befreundet, daher kehrte mein Vater dort mit den Kriegsgefangenen ein, wenn sie unterwegs waren, um Holz aufzuladen. Da haben sich dann Leute aufgeregt: »Was haben die Gefangenen da verloren?« Mein Vater verteidigte sie. Für ihn stand immer der Mensch im Vordergrund.

Gerne gehabt

Einen der Kriegsgefangenen habe ich immer schon irgendwie gerne gehabt. Wir schrieben einander Briefe und winkten uns heimlich zu. Doch treffen durften wir uns nie, da es lebensgefährlich war, mit einem Kriegsgefangenen etwas anzufangen. Eines Tages erwischte meine Mutter einen Brief. Gott sei Dank stand kein Name darauf, denn es war schon vom Heiraten und der gemeinsamen Zukunft die Rede.

Nicht verraten

Meine Eltern nahmen sich auch um den Sohn vom gefallenen Bruder meines Vaters an. Er hieß Weidinger Pepi. Der war bei der Polizei irgendein Höherer. Er war in der Panzerkaserne in Purkersdorf stationiert. Pepi hatte einen Freund mit dem Namen Spiri, welcher mich sehr verehrte. Meine Mutter dachte damals, als sie den namenlosen Brief fand, er sei vom Spiri gewesen. Dieser junge Mann war ein lustiger, sympathischer Mensch und immer gut aufgelegt. Er hat immer gesagt: »Poidi, wenn du drei Kinder hast, ich heirate dich noch immer.« Spiri kam einmal zu uns auf Besuch. Meine Mutter war auch zu Hause. Er grüßte freundlich, doch so schnell konnte er gar nicht schauen, schmiss sie ihn aus dem Stall und beschimpfte ihn fürchterlich. Spiri hat mich nicht verraten, obwohl er bereits wusste, dass zwischen dem Belgier Pepi und mir was war. Spiri durfte nicht mehr zu uns kommen.

Beim Notar des Diözesangerichts

Für mich war immer klar: Wenn ich einmal heirate, dann so, wie es die Kirche vorschreibt. Nicht, dass man ins Bett geht, bevor man verheiratet ist. »Dann heiraten wir«, sagte Pepi. Ich habe damals alle Wege fürs Geschäft erledigt: Bewilligungen fürs Schweineschlachten, die Bezugsscheine für die Kriegsgefangenen in der Wipplingerstraße und so weiter. Ich bin in den Stephansdom gegangen und habe gefragt, ob es eine Möglichkeit gibt, einen Kriegsgefangenen zu heiraten. Ich wurde zu Dr. Strobl geschickt. Er war der gleiche Mann, der damals in der Volksschule mein Kaplan war und mich immer sehr unterstützte. Und gerade dieser Dr. Strobl war beim Erzbischof im Diözesangericht Notar.

1944: Geheime Heirat mit einem Kriegsgefangenen

Ich erzählte ihm vom belgischen Kriegsgefangenen Pepi und dass ich diesen Mann gerne heiraten möchte. Die Antwort von Dr. Strobl: »Das geht ohne weiteres.« Nach kirchlichem Gesetzbuch kann man nach kirchlicher Notform geheim heiraten. Man muss vorher die Sakramente empfangen. Bei der Hochzeit selber bestehe keine Anwesenheitspflicht eines Priesters. Wichtig seien nur zwei Trauzeugen. Um fünf Uhr in der Früh beichteten wir beim Kaplan in Purkersdorf und empfingen die Sakramente. Am darauf folgenden Abend trafen wir uns in der Garage meiner Eltern. Unsere Trauzeugen waren ein französischer Kriegsgefangener, der kleine Robert, und eine meiner zwei besten Freundinnen, die Tochter vom Oberlandesgerichtsrat Dr. Szokacs. Die Ehe wurde durch das Ja-Wort vor den beiden Zeugen vollzogen. Am Kotflügel des Lastwagens unterschrieben wir unsere Ehedokumente. Ein Exemplar davon kam in die Katakomben und das andere behielt ich. Dr. Strobl bestätigte noch einmal, diese Eheschließung sei für immer und ewig gültig. Er meinte, ich könne, wenn das Hitler-Regime, der Krieg und alles vorbei sei, die Ehe weihen lassen. Dies wäre aber nicht notwendig. Wir haben es dann aber doch gemacht.

Wir wären ja aufgehängt worden

Das Sakrament der Ehe spendet nicht der Priester oder die Kirche, sondern der Herrgott. Und es wird vollzogen durch das Ja-Wort der Eheleute vor zwei Zeugen. Meine andere gute Freundin traute sich nicht, meine Trauzeugin zu sein. Die hat Angst gehabt. Man wäre in der Zeit ja aufgehängt worden. Wir haben am 20. November 1944 geheiratet.

Ich glaube, meine Mutter hätte mich angezeigt

Meine Mutter durfte von unserer Hochzeit nichts wissen. Ich glaube, sie hätte mich angezeigt, wenn sie das gewusst hätte. Obwohl sie keine Nationalsozialistin war. Mein Mann und ich haben uns weiterhin immer heimlich getroffen. Und als ich das erste Mal mit meinem Mann geschlafen habe, ist unsere älteste Tochter entstanden. Ich befand mich in einer kritischen Lage, denn niemand durfte etwas davon merken.

Die Gefangenen werden weggetrieben

Als die Russen immer näher kamen, wurden die Gefangenen in der Nacht zu Fuß in den Westen getrieben. Mein Mann musste mich und unser ungeborenes Baby verlassen. Ich stellte Kerzen ins Fenster, damit sie mein Mann sehen konnte, denn er wurde bei unserem Haus vorbeigetrieben. Ich fühlte mich so, wie wenn ich keinen Boden mehr unter den Füßen gehabt hätte.

Von der Kanzel herunter angegriffen

Meine Mutter schimpfte über die Kirche, als sie später von meiner Heirat erfuhr. »Dass die so eine Ehe zulassen können!« Der damalige Purkersdorfer Pfarrer, ein richtiger Landpfarrer, wusste nicht, dass so etwas möglich war. Und er hat von der Kanzel herunter meine Freundin, die Trauzeugin war, vor der dort anwesenden Pfarrgemeinde angegriffen. Ich war damals ja schon in Belgien, ich war nicht mehr greifbar. Ich war fast zwei Jahre bei der Familie meines Mannes.

Brief vom Diözesangericht

Daraufhin fuhr meine Freundin Gigi Szokacs zum erzbischöflichen Diözesangericht und hat das gemeldet. Von dort aus ging ein Schreiben an die Purkersdorfer Pfarre, worin bestätigt wurde, dass die Trauung rechtlich in Ordnung und unwiderruflich sei. Meine Mutter hat weiterhin meine Freundin beschimpft. Die musste alles ausbaden. Ich war ja nicht da.

Jüdische Freunde

Mein Vater hat mir gesagt: »Es gibt überall, in jeder Rasse, Gute und Schlechte.« Im Holzgeschäft waren viele Juden dabei. Da waren Lumpen dabei und da waren Anständige dabei. In der steirischen Holzverwertung war zum Beispiel der Herr Weiss, ein Jude, Direktor. Der war ein Ehrenmann. Dem hat mein Vater

3000 Schilling gegeben, um noch im letzten Moment dem Konzentrationslager zu entkommen. Ich habe von denen ein Dirndl und Schuhe gekriegt. Mein Vater war in erster Linie ein Mensch. Wenn ihn seine Frau nicht ein wenig zurückgehalten hätte, ich glaube, er hätte alles hergegeben.

Überlebt – Verschwunden – Umgebracht

In Purkersdorf haben viele Juden überlebt. Mich hat einer verehrt, der Königsgarten. Der hat in der Wiener Straße gewohnt. Sein Vater war ein typischer Jude, die Mutter war Wienerin. Und der Stolzenberg hat auch überlebt. Von dem war auch die Mutter Jüdin. Die haben sich damals alle nicht aus dem Haus getraut. Der Gemeindearzt, der Dr. Weiss, der hat sich umgebracht, weil die Leute so garstig zu ihm waren. Der hat so vielen Leuten geholfen, oft unentgeltlich. Der war eine Perle. Die Familie Blaschek, das waren auch sehr brave Leute. Die sind verschwunden.

Menschen in Waggons gehäuft

Ich habe persönlich gesehen, wie Juden in Wien gezwungen wurden, Steine zu waschen. Furchtbar. Einmal kam ich spätabends mit dem Zug nach Hause, als da diese Waggons am Bahnhof in Purkersdorf standen. Es war Winter und eisig kalt. Auf den offenen Waggons, welche nur halb hohe Wände hatten, waren Menschen aufgehäuft. Bei lebendigem Leibe waren sie der Kälte ausgesetzt. Ich verstehe nicht, weshalb sich Leute so verhetzen lassen, dass man einen anderen Menschen nicht mehr als Menschen beachtet.

1945: Die großen Nationalsozialisten als Hilfsarbeiter

Als die Russen da waren, wurden einige führende Nationalsozialisten vor die Entscheidung gestellt, entweder nach Sibirien geschickt zu werden oder als Hilfsarbeiter zu arbeiten. Natürlich kamen sie zu uns. Wir nahmen alle sieben oder acht Männer auf. Das wurden unsere besten Hilfsarbeiter.

Angeblich 130 Tote

Als die Russen kamen, hat es angeblich in einer Nacht 130 Tote in Purkersdorf gegeben. Ich habe das selbst nicht erlebt, ich war ja damals schon in Belgien. Mir hat das meine Mutter erzählt. Die Frau Dr. Kröcker hat sich mit der ganzen Familie umgebracht. Der Notar, der Dr. Godai, der hat sich mit seiner Frau aufgehängt. Das waren großteils Nationalsozialisten, die Angst hatten, dass ihnen etwas passiert, wenn die Russen kommen.

Flucht vom Gefangenentransport

Mein Vater wurde während des Krieges schwer zuckerkrank. Aus diesem Grund fuhr ich mit ihm zu meiner Halbschwester nach Bad Hall. Wir durften dort in ihrem Hotel wohnen. Meinem Mann steckte ich vor der Wegtreibung der Gefangenen noch die Bad Haller Adresse zu. Pepi flüchtete unter Lebensgefahr vom Gefangenentransport und kam auf Umwegen bei mir in Bad Hall an. Er sah schrecklich verwahrlost aus und war fürchterlich abgemagert. Aber wir waren wieder zusammen und das war das Allerschönste. Meine Schwester Anni versteckte ihn in einem Möbellager.

Nach Belgien

Vier Wochen später entschlossen wir uns zur Flucht nach Belgien. Mit französischen Kriegsgefangenen fuhren wir mit einem gestohlenen Kommandeurwagen mit. Auf dem Arlberg wurden wir von ein paar Leuten der französischen Armee verfolgt. Diese beschlagnahmten unser Fluchtauto. Wir wurden mit unvorstellbar vielen Menschen in einen Zug gepfercht und fuhren kreuz und quer durch Frankreich. Immer wieder mussten wir mit ansehen, wie in den Bahnhöfen Menschen erschossen wurden. Ich hatte große Angst, denn ich hatte keinen Ausweis bei mir. In Lyon mussten wir – Männer und Frauen getrennt – mit tausenden von Menschen eine Entlausung über uns ergehen lassen. Ich hatte große Sorge, Pepi bei diesen Menschenmengen nie wieder zu finden. Dann endlich! Nach anstrengenden Tagen erreichten wir die belgische Grenze. Bald wurde ich im Elternhaus meines Mannes herzlich aufgenommen.

Die belgischen Schwiegereltern

Meine Schwiegereltern hatten ein kleines Häuschen. Unten gab es eine Küche mit einer Waschküche. Der obere Stock bestand aus einem Zimmer. Diesen Raum mussten wir uns zu viert teilen. Als mein Bauch immer größer wurde, haben wir den Schwiegereltern erzählt, dass ich schwanger bin. Die waren überhaupt nicht böse. Ich habe Tränen der Freude geweint, weil sie so fürsorglich waren. Das habe ich zu Hause nie erfahren.

Hausgeburt

Ich sagte zu meiner Schwiegermutter, dass ich zum Entbinden ins Spital gehen möchte. Sie meinte sofort: »Nein, das darfst du nicht. Weißt du, wer bei uns ins Spital geht? Die Armen, die zu Hause niemanden haben, der ihnen hilft. Bei uns wird zu Hause entbunden. Wir haben ja eine Hebamme da.« Als es so weit war, wurde in der Küche ein Bett aufgestellt und die Hebamme gerufen. Mein Mann und meine Schwiegermutter waren dabei, als unsere Tochter Maria geboren wurde. Die Nachbarn waren auch alle so lieb zu mir. Weil wir Österreicher waren und keine Deutschen. Das spielte damals eine große Rolle.

Zurück nach Purkersdorf

Wir verbrachten eineinhalb, zwei Jahre in Belgien. Mein Vater war sehr krank. Daher schrieb meine Mutter, ich solle nach Hause kommen, aber ohne meinen Mann. Sie teilte mir auch noch mit, dass die Russen das gesamte Holz gestohlen haben und sie ganz alleine sei. Ich schrieb zurück, dass wir zu dritt nach Hause kommen. Sie willigte nach langem Hin und Her doch ein. Bei unserer Rückkehr nach Österreich ging es meinem Vater schon sehr schlecht. Kurz darauf ist er gestorben.

Kinder

Meine Mutter wollte auf keinen Fall, dass ich unser zweites Kind in ihrem Haus bekomme, obwohl ich bereits starke Wehen hatte. Im letzten Moment kam doch noch ein Taxi. Meine zweite Tochter Poldi hab ich im St. Joseph Spital entbunden. Acht Tage später kam ich mit dem Baby nach Hause, legte es aufs Bett, band die Schürze um und begann sofort wieder zu arbeiten. Wir haben in den folgenden Jahren noch vier weitere Kinder bekommen. Heute haben wir neben unseren sechs Kindern – drei Buben und drei Mädchen – siebzehn Enkelkinder.

»Meinen Bruder, den hat der Hitler vertilgt – mit Injektionen«

Hilda Novak, gestorben 2003

Ich bin 1910 geboren. Geborene Empacher. Meine ersten Erinnerungen, da werden Sie lachen, da war ich zwei Jahre. Da hat mein Bruder die Feuchtblattern gehabt.

Mit zwei Jahren hinausgekraxelt

Ich habe sie nicht gekriegt. Beim Gitterbett habe ich das Gitter herausgehoben. Ich bin beim Fenster hinausgekraxelt, hinein in den Hof, mit meinem Bären in der Hand. Ich sah, dass meine Mutter den Waschtrog hatte. Ich habe den Bären hineingelegt und fest gebürstet. Die Mutter ist gekommen: »Na, was hast du denn jetzt schon wieder angestellt. Ich jage dich aus.« Mit zweieinhalb Jahren bin ich schon in den Kindergarten gegangen.

Nichts gefallen lassen

In der Schule haben wir den Lehrer Würl gehabt: »Lehrer Würl sitzt am Schnürl, Schnürl reißt o und da Würl liegt do« – das war der Spruch. Die Frau Lehrerin Schmidt! Mein Gott, war die streng. Aber wenn ich Recht gehabt habe, habe ich Recht gehabt. Da habe ich mir nichts gefallen lassen. Nicht einmal in der Schule. Auch wenn ich mich auf die Treppen setzen musste.

Würstel am Christbaum

Ich habe mein Salzstangerl und mein Würstel in der Hand gehabt und die zwei Kreuzer oder was das gekostet hat. Ich habe als Kind schon die Würstel am Christbaum hängen gehabt, die echten. Die aus Schokolade hat mein Bruder gegessen. Solange ich denken kann, war das mein Gabelfrühstück: Salzstangerl und Würstel.

Holz gesammelt

Mein erstes Geld, das ich verdient habe, da war ich sieben Jahre. Fünf Kronen. Brauchen haben wir es ja können. Das war ja während des Ersten Weltkriegs. Mein Vater war eingerückt. Meine Mutter hat Holz gesammelt. 80 kg hat sie in einem Sack geschleppt, rein auf den Naschmarkt. Dort hat sie das Holz verkauft. Sommer und Winter. Ich bin in den Konsum gegangen. Dort habe ich das Brot geholt – so ein Kukuruz-Brot. Ein Bub hat mir das einmal genommen und ist davongelaufen. Und ich bin ohne Brot nach Hause gekommen. Das sind lauter so Sachen, die bleiben dir immer im Hirn drinnen.

In den Ferien nach Sieghartskirchen

Jedes Jahr sind wir nach Sieghartskirchen gegangen in den Ferien. Zu Fuß, über den Riederberg. Dreieinhalb Stunden lang. Da waren die Kehren über den Riederberg lauter Pappeln, schöne, große. Die waren noch gesund. Die Schuhe habe ich mir meistens ausgezogen. Die haben mich nach drei Stunden schon gezwickt. Wir haben ja damals nur ein Paar Schuhe gehabt. Und wenn sie mir zu klein waren, dann hat sie mein Bruder weitergetragen.

Eine wirkliche Großmutter

Bei der Großmutter in Sieghartskirchen (eine wirkliche Großmutter: ein bisserl mollig, nicht so schlank, mit dem Kittel und so) haben wir in den Ferien immer Erdäpfel gegraben. Jessas, das war eine Hetz. Auf jeden Acker sind wir gegangen und haben gestibitzt. Zuckererbsen, jungen Kukuruz. Dann haben wir uns hingesetzt und haben gegessen. Die Großmutter hat immer gesagt: »Ihr seids ja wie die Hasen. Habts ihr zu Hause nichts zu essen?«

Solidarität

Mein Großvater war Dachdecker-Meister. Seine Leute, die Gesellen und so, die hat er zu den Bauern geschickt, wo sie etwas zu essen bekommen haben. Er ist dorthin arbeiten gegangen, wo er nichts zu essen bekommen hat. Dem Großvater haben wir immer das Essen bringen müssen. Die Großmutter hat uns auch gleich unser Essen mitgegeben und dann haben wir mit dem Großvater gemeinsam gegessen – irgendwo in einem Garten oder in einer

Wiese. Dann sind wir wieder nach Hause gegangen. Bloßfüßig. Wir haben uns dabei alle wohl gefühlt.

Schlitten fahren

Im Winter waren wir oft Schlitten fahren. Mit Wickelgamaschen. Ich bin heimgekommen und die Füße waren steif vor Kälte. Mein Vater hat mir die Wickelgamaschen runtergegeben, Schnee geholt und mir damit die Füße eingerieben. Man hat damals so etwas wie Trainingsanzüge gar nicht gekannt. Mein Vater hatte vom Krieg noch solche Wickelgamaschen gehabt. Die haben wir uns rübergewickelt.

Sau abstechen

Wir haben selber Sau abgestochen. Zu Leopoldi. Und da hat Schnee sein müssen. Und damals war zu Leopoldi Schnee. Und nicht wenig. Man hat ja keinen Kühlschrank gehabt. Und dafür haben wir auch zu Ostern bloßfüßig gehen können. Da war der Winter weg. Dann hat der Speck schon geschnitten werden müssen. Schöne Zentimeterwürfel. Die Großmutter hat mich in den Keller geschickt, um Schmalz zu holen. Und ich bin lange nicht gekommen. Ich habe ja das Schmalz so gerne gegessen. Löffelweise. Aber ich habe immer nur das Schneidergewicht gehabt: 48, 49 Kilo, da bin ich nicht weggekommen.

Schwammerl suchen

Schwammerl haben wir gefunden. Wir sind um vier Uhr in der Früh gegangen. Und immer haben wir die Taschen voll gehabt. Und schöne Schwammerl. 1934 hat es so viele Schwammerl gegeben, das kann man sich heute gar nicht mehr vorstellen. Alle Tage sind wir gegangen und haben jeden Tag zehn Kilo gesammelt. Nach drei Tagen hat die Großmutter gesagt: »Jetzt hörts aber auf. Am Dachboden ist kein Platz mehr zum Trocknen.«

Obst gefladert

Obst haben wir immer gefladert. Ich hab den Rechen getragen. Den hab ich einfach ziemlich hoch gehalten und so hab ich die Ringlotten abgepflückt. Und mein Bruder hat sie dann zusammengeklaubt. Die waren so groß wie Marillen. Und gut waren die. Was wir alles gegessen haben. Alles, was wir auf den Bäumen und den Wiesen gefunden haben. Das ganze Süßfeld ist einmal abgebrannt. Das Jahr danach waren viele Erdbeeren. Jeden Tag haben wir Erdbeeren gepflückt. Milch, Zucker, Erdbeeren – das war unsere Jause. Und Himbeeren. Was wir da vom Laabersteig hinten gesammelt haben! Da sind wir um vier Uhr in der Früh mit Rucksack und Körberl über die Baunzen hinauf. Gegen Mittag sind wir mit zehn bis zwölf Liter zurück. Das waren früher die Berger-Gründe. Da sind wir immer Obst pflücken gegangen. Äpfel, Zwetschken, Kirschen. Alles haben wir gehabt. Das war frisch und gut. Heute ist das alles verbaut. Ein Haus nach dem anderen.

Der Gablitzbach: Fische und Krebse

Im Gablitzbach waren große Fische drin. Die hat der Vater immer hergerichtet zum Essen. Mein Bruder hat aus der Gablitz Krebse gefangen. Die hat er damals verkauft. Einmal ist er mit den Krebsen nach Hause gekommen und einer ist ihm ausgekommen. Die Mutter hat gesagt: »Jetzt bleibst aber da, bis du ihn gefunden hast. Ich lasse mich nicht von deinen Krebsen zwicken.«

Wir haben zusammengehalten

Wir haben keine reiche Kindheit gehabt. Aber eine schönere als die heutige. Wir haben zusammengehalten. Wir waren 10, 15 Kinder. Hier schräg vis-a-vis waren ja nur Wiesen. Da war das Gras immer so hoch. Da habe ich immer gesagt: »Na, den Dollfuß sieht man nicht in dem Gras«, weil der so klein war. Heute sind ja die Wiesen, wo wir gespielt haben, alle verbaut. Bis zum Bacherl, das hat alles uns Kindern gehört.

Streiche

Nur der Förster: Wenn wir ihn gesehen haben, sind wir halt weggerannt. Wenn er weg war, sind wir wieder hingegangen. Der Förster war der Steinmüller. Der war ekelhaft. »Dem tue ich noch einmal was an«, hab ich gesagt. Ich habe gewettet, dass ich

die Bohnen nicht gemocht und der Hase hat sie so gerne gehabt. Ich habe lieber Linsen gehabt. Aber das hat man sich ja nicht aussuchen können. Am Christbaum haben wir für den Hasen Kekserl hinaufgehängt. Der ist gekommen und hat sie heruntergefressen.

Hansl, unser Zwerghahn

Einen Zwerghahn haben wir auch gehabt, den Hansl. Vom Nachbarn haben wir ein Ei bekommen. Das hat mein Vater genommen, in eine Schale Watte hineingegeben, das Ei hinein und das Ganze in den Ofen gegeben und ausgebrütet. Der Zwerghahn ist zum Schlafen immer die zwei Stockwerke in die Wohnung heraufgegangen. In der Früh ist er wieder hinuntergegangen. Die Rosinen vom Gugelhupf haben ihm gehört. Einmal hat die Mutter Brot und Schmalz am Tisch stehen gelassen und ist in die Arbeit gegangen. Da ist der Hansl gekommen, hat das Schmalz gefressen und aus dem Brot herausgepickt. Der hatte mehr Schmalz in den Federn, als im Geschirr war.

Überall dabei

Mit mir ist er immer zum Greißler gegangen. Dort ist er auf die Budl rauf und hat gewartet, bis er eine Speckwurst bekommt. Der Hansl ist mit uns in den Wald gegangen. Einmal habe ich nicht gewusst, wo unser Hansl ist, und ich habe ihn gerufen: »Hansl, wo bist denn?« Auf einmal kommt der durch die Glasscheibe durch, vom zweiten Stock herunter. Ich habe wieder Schimpf bekommen vom Vater. Zu Mittag ist der Hansl immer zu den Fabrikarbeitern gegangen und hat sie angebettelt. Der Hansl war einmalig, wie ein Hund. Als meine Mutter schon krank war, ist immer ein Doktor mit Glatze gekommen. Dem ist der Hansl auf die Glatze gesprungen. Der hat den Doktor nie wollen.

Meine Mutter

Meine Mutter ist ein Jahr im Bett gelegen. Mit dem ganzen Fuß im Gips. Knochenkrebs. Ich habe die letzte Schulklasse besucht. Damals bin ich nach der Schule zum Doktor gegangen, vom

Doktor zur Mutter, von der Mutter zur Schule. In der 10-Uhr-Pause bin ich schnell nach Hause gelaufen und habe geschaut, ob sie was braucht, ob alles in Ordnung ist. Und dann geschwind wieder in die Schule, damit ich vor Stundenbeginn wieder zurück bin. Meine Mutter hat ja nicht aufstehen können. Meine Mutter ist mit 34 Jahren gestorben. Ich habe an den Knien zwei Operationen gehabt, vor 15 und vor 18 Jahren. Meine Mutter konnte nicht operiert werden. Ihre Knochen und Gelenke waren zu schwach. Als ich ihren Fuß gehoben hatte und etwas unterlegen wollte – sie hatte eine Venenentzündung –, ist der abgebrochen. Wenn ich heute ein Holz brechen höre, dann höre ich ihren Fuß.

Die Stiefmutter

Drei viertel Jahr nach dem Tod meiner Mutter hat mein Vater wieder geheiratet. Meine Mutter hat mir immer gesagt: »Dich lasse ich was lernen, weil du kannst was.« Aber die Stiefmutter hat nein gesagt. Da hat's nichts gegeben. Die hat selbst vier Kinder gehabt.

Meine Stiefmutter hat gesagt, wenn ihre Madln in den Dienst gehen, muss ich das auch. Ich war aber schon mit dem Magen krank. Jetzt war ich so mit 17 in Wien bei einer koscheren Jüdin – die hat Verständnis für mich gehabt. Was habe ich schon alles mitmachen müssen. Ich war immer für alle da. Für die ganze Familie Novak. Ich habe mir dabei gar nichts gedacht.

Magenoperation

Mit 19 bin ich dann operiert worden. Ohne Narkose. Weil ich mit dem Herz so schwach war. Dreieinhalb Stunden bin ich unter dem Messer gelegen. Ich habe alles gehört und gesehen, was sie gespielt haben. Am 15. Juli bin ich hineingekommen, am 21. bin ich operiert worden. Durch den Mastdarm habe ich schwarzen Kaffee mit Cognac gekriegt – als Nahrung. Damals war das so. Im Saal waren 18, 19 Leute. Ich habe 37 Kilo gehabt – so wahr ich da sitze. Mit 42 Kilo bin ich entlassen worden. Am 7. September. Hat mich der Mann, der mich nach Hause mitgenommen hat, gefragt, was ich tun werde. »Morgen ist am Schulplatz hinten ein großes Marienfest. Da esse ich dann ein Hendl und einen Gurkensalat.« Ich hab's eh nicht gegessen. Damals haben sie mir gesagt, ich habe noch 10 Jahre zu leben. 73 Jahre sind bis jetzt daraus geworden.

Abgehaut

Dann wollte ich nicht mehr nach Hause gehen. Wegen der Stiefmutter. Da war ich dann einen Monat bei der Großmutter. Und dann bin ich in die Stiegengasse, bei der Gumpendorferstraße. Da war ein Heim für Dienstmädchen, damit du nicht auf der Straße bist, wenn du keine Arbeit hast. Da hast du eine Bagatelle bezahlt und von dort aus hast du wieder einen Posten gekriegt. Dann hat mich die Stiefmutter über Radio gesucht, weil ich mich nicht gerührt habe: »Kehre zurück, alles verziehen.« Aber ich habe mich nicht gemeldet. Nach Hause gegangen bin ich nicht.

Hahnenschwänzler

1927/28 waren mein Bruder – der war Zuckerbäcker – und mein Vater arbeitslos. Mein Mann ist zu den Hahnenschwänzlern gegangen, weil er fünf Schilling bekam – die »Fünf-Schilling-Manderln«. Eines Tages komme ich nach Hause – was macht mein Mann? Er hat sein Kapperl zertrennt, die Uniform zertrennt, daraus ein Packerl gemacht und hat ihnen alles zurückgeschickt. Sag ich: »Na, du traust dich was. Die sperren dich ein.« »Na was, sitz ich halt drei Tage und Schluss. Krieg ich ein gutes Essen.«

Mutterkreuz

Meine Schwiegermutter hat nie gewusst, wann sie auf die Welt gekommen ist. Die waren in einem Meierhof im Waldviertel und der ist abgebrannt – und die Dokumente auch. Damals war das ja nicht so wichtig. Sie hat dann 14 Kinder bekommen. Ein paar sind gestorben, acht waren am Leben. Sie kriegt unterm Hitler das goldene Mutterkreuz. Aber da brauchst du den Ariernachweis. Wissen Sie, was ich da mitgemacht habe? Ich habe ja alles und jedes für die Familie machen müssen.

Ariernachweis

Die kommen um den Ariernachweis und wir wissen nicht einmal, wann sie geboren ist. Ich habe gesagt: »Dann pfeifen wir auf das Mutterkreuz.« »Wie sprechen Sie? Wissen Sie, was Sie da sagen? Sie kommen dort und dort hin.« Sag ich: »Ich krieg's ja eh nicht. Und sie hat's bis jetzt nicht gehabt, brauchts es jetzt auch nicht.« Was ich Briefe geschrieben habe, nur wegen dem depperten Ariernachweis. Endlich, nach langem Hin und Her, kriege ich von einem Pfarrer ein Schreiben, dass sie in diesem oder jenem Jahr in Schärding auf die Welt gekommen ist und dort getauft wurde. Ich weiß nicht, ob sie dann das Mutterkreuz gekriegt hat oder nicht. Es hat mich nicht mehr interessiert.

Mein Bruder ist gefallen

Mein Bruder ist am 20. Mai 1940 gefallen. Kurz vorher war er noch auf Urlaub da. Ich hab um zehn Uhr das Telegramm bekommen – »soeben verstorben« – und bin gleich in der Früh mit meinem Onkel und seiner Braut nach Heidelberg gefahren. Mein Vater war schon dort, da hat mein Bruder noch gelebt. Dort waren wir dann vier oder fünf Tage. Da war das Begräbnis. Mein Bruder wurde in der Kirche in Heidelberg aufgebahrt. Er war in ein Minenfeld geraten. Drei waren sofort tot und mehrere waren verwundet, darunter auch mein Bruder. Er hatte noch den Kopf verbunden. Die Kirche war voller Toter. Aber ich hätte meinen Bruder unter Tausenden gefunden.

»Ofenschlüpfer«

Das war da draußen auch so was mit dem Essen: »Ofenschlüpfer« zum Beispiel. »Ich esse einen Fisch, weil der kann nicht anders werden.« Da draußen sind die Namen ja alle anders. Und die Braut meines Onkels hat gesagt: »Ich kaufe mir Ofenschlüpfer, ich möchte sehen, was das ist.« Das war wie ein Scheiterhaufen.

Mein zweiter Bruder: taubstumm

Ich habe zwei Brüder gehabt. Der zweite ist angeblich vom Tisch gefallen. Aber ich glaube eher, der Onkel hat ihn mit den Füßen über die Stiege gestoßen. Der wollte nicht, dass der Bub der Erbe wird. Er hat dann eine Gehirnhautentzündung bekommen. Die »wilden Fraisen« hat man gesagt. Vorher hat er den Kopf noch heben können. Mit zwei Jahren dann nicht mehr. Er ist taubstumm geblieben. Zuerst hat ihn die Großmutter und die Tante noch gehabt, weil meine Mutter war ja damals schwer krank. Aber er hat mehr Pflege gebraucht und ist dann nach Gugging gekommen, ins Kinderheim. Er war ein ruhiges Kind. Dort ist er geblieben, bis der Hitler gekommen ist.

Im Sacre Coeur umgebracht

Mit 17 Jahren ist er ins Sacre Coeur überstellt worden. Den hat sozusagen der Hitler vertilgt – mit Injektionen. Ich war zur Weihnachtsfeier noch im Sacre Coeur oben, da hat das Kind noch gelebt. Ich habe bei jedem Besuch von der Gemeinde einen Schein gebraucht, dass ich keine Krankheit habe, um nicht die Kinder mit irgendetwas anzustecken. Was eh ein Blödsinn war, weil die haben keine ansteckende Krankheit gebraucht. Die haben sie so schon massakriert. Und nach zwei Tagen haben wir den Brief bekommen, dass er gestorben ist. Dem Vater haben sie die Leiche geschickt in einer Zuckerkiste, ohne ein Hemd, ohne eine Hose, nichts angezogen. So zusammengerollt ist er drinnen gesessen. Mein Vater hat immer das Gewand kaufen müssen. Ein Drittel hat der Vater bezahlt, ein Drittel das Land, ein Drittel die Krankenkasse. Und dann legen sie ihn in eine Kiste, nackt. Er war voller blauer Flecken, von den Injektionen, die er bekommen hat, nicht gewaschen, voller Blut, Schaum vorm Gesicht, alles eingetrocknet.

»Mäßigen Sie sich, sonst kommen Sie nach Dachau«

Zuerst bin ich ins Sacre Coeur rauf und hab die Schwester dort alles geheißen. Die hat nur das Guckerl aufgemacht. »Schämen Sie sich nicht. Einen Hund behandelt man besser als das Kind. Nicht einmal angezogen haben Sie ihn.« Ich habe die zusammengeplärrt. Die hat gemeint: »Mäßigen Sie sich und seien Sie ruhig, sonst kommen Sie nach Dachau.« »Ja, wenn Sie mit mir kommen, schon, aber allein gehe ich nicht hin.«

Ordentliches Begräbnis

Wir sind zum Pfarrer gegangen und haben ihm ein ordentliches Begräbnis gemacht – mit Gewand und allem, was dazugehört. Mein Vater war damals so geschockt. Meine Tante auch. Ich auch. Ich bringe es heute noch nicht heraus. Ich sehe das alles heute noch. Dass man die Kinder so umbringt! Im Mai ist der eine gefallen, am Heiligen Abend haben sie den Zweiten gebracht. Das kannst du nie vergessen. Mein Gott, na, das habe ich selber mitgemacht. Also muss es wahr sein.

Die Kinder schreien gehört

In der Nacht haben die Kinder so geschrien, dass meine Schwester am Vis-a-vis-Grund, in der Laawies drüben, die Schreie gehört hat. Sterilisiert sind sie worden. Der Bub hat sich ja nicht wehren können. Der ist immer nur dagesessen und hat geschaut. Er hat ja meinem Bruder so ähnlich gesehen. Große schwarze Augen hat er gehabt. 18 Jahre war er alt. Wenn ich gekommen bin, hat er sich hergesetzt und hat mich genommen. Er hat gerne runde Sachen gegessen: Kirschen, Pralinen. Alles, was rund war, hat er wollen.

Da sind viele draufgegangen

Der Hitler war kein Guter. In der Weise kann ich ihm gar nichts Gutes nachsagen. Was der an den Kindern verbrochen hat! Und da sind viele draufgegangen. Sang- und klanglos ist das gegangen. Ob du sie jetzt in Dachau vergast oder dort vergast oder da umbringst, das ist ja wurscht. Mein Bruder war halt taubstumm und da hat man nichts machen können. Der war 18 Jahre. Und der andere war 27, als er gefallen ist. Bin ich übergeblieben von uns dreien. Das war schwer. Wie oft sie mir gedroht haben mit Dachau. Ich habe halt den Mund nicht gehalten. Ich habe mich halt gewehrt gegen alles.

Malträtiert

Na, die Zeiten waren schlecht damals. Sagen hast nichts dürfen, weil der daneben hat es ja gehört. Und dann haben sie dich zitiert. Mich haben sie auch gefragt, was ich gehört habe. Die haben mich so lange malträtiert, bis ich gesagt habe, wer was gesagt hat.

Im Sanatorium gearbeitet

Im Sanatorium habe ich gearbeitet. Zehn, zwölf Stunden. Von neun Uhr in der Früh bis neun Uhr am Abend. Oft ist es zehn geworden, bis ich nach Hause gekommen bin. Im Sanatorium war eine drinnen mit drei Kindern. Das eine war im Gitterbett, das andere war zum Sterben. Dann ist sie mit den drei Kindern, mit der Toten – und eine Kinderfrau hat sie, glaube ich, auch gehabt – nach Argentinien. So viel Geld haben die Juden damals gehabt. Natürlich haben die die Nazis gefürchtet. Aber die sind vorher schon mit dem Geld abgedampft.

Verzaht, vergast, verschwunden

Der seinerzeitige Chef vom Sanatorium, der hat sein ganzes Geld in Rumänien gehabt. Der Zuckerkandl hat die obere Villa gehabt. Und herunten waren die Jorisch oder so ähnlich, denen haben sie die Goldschnallen und alles heruntergerissen von den Schuhen – wie sie sie verzaht haben. Wir haben da Greißler gehabt, Stöckl haben sie geheißen, Juden, mit Zwillingen, die haben sie vergast. Mit denen bin ich oft in den Wald gefahren, wenn sie Keuchhusten gehabt haben. Da hab ich die beiden ins Leiterwagerl gesetzt und bin da in Gablitz oben oder da bei der Rettung hinten gefahren, wo Fichten und Tannen waren. Da war ich elf, zwölf Jahre. Ich habe dafür immer von der Wurst das Vordere und Hintere bekommen. Und dann hat er mir immer von den Rollmöpsen oder von den Russen die Gläser aufgehoben, mit dem Zwiebel. Das hab ich so gerne gegessen. Ich hab was anderes auch gekriegt, aber er hat gewusst, dass ich das gerne esse, und ich hab es immer gekriegt. Friedl hat er geheißen, glaub ich. Ja, die sind dann auch verschwunden. Da ist eigentlich gar nichts geredet worden.

24 jüdische Kinder

Daneben da, auf der Linzer Straße Nr. 21, das Haus war von der Herzmansky-Stiftung. Da waren 24 jüdische Kinder, glaub ich.

Die waren da in Pflege. Jahrelang. Und zwei Kinderfrauen und eine Köchin – die Reisinger. Die war keine Jüdin. Die anderen haben sie verzaht, weil es Juden waren. Die sind alle fort. Die sind alle vergast worden. Wir sind immer da oben im Wald herum und haben mit den Kindern gespielt. Wir sind hineingekraxelt, die sind herausgekraxelt. Wir haben gemeinsam Äpfel gestohlen. Wie halt Kinder sind.

Waggons ins KZ

An einem Samstag bin ich von Wien nach Hause gefahren. In Hütteldorf bin ich vor den Waggons gestanden, mit den Leuten, die sie nach Dachau gebracht haben – oder wohin sie sie geführt haben. Die haben aus den Viehwaggons herausgeschaut. Die haben so gebettelt und geweint. Ich habe mich nicht einmal hingehen getraut. Hinter dir sind die Bewacher gestanden, die hätten dich hoppgenommen. Du hast ihnen nichts geben können. Weder was zu essen oder zu trinken oder sonst was. Die sind da drinnen gewesen, zum Vergasen hinaus. Aus.

Die Urne hereingeschickt

Eine war da, der haben sie ihren Sohn, weil der zu übergescheit war, mit 18 Jahren weggenommen. Wegen einer Nichtigkeit. Den haben sie nach Dachau geführt. Sie haben ihr dann die Urne hereingeschickt. Die war ganz weg. Aber was hättest du machen können? Nichts hast du machen können. Gegen den Hitler hast nichts machen können. Wenn irgendein Wort fällt, war es schon geschehen.

Vertrieben, damit sie das Haus bekommen

Da hat auch ein alter Herr gewohnt. Ein Hunderl hat er gehabt. Den haben sie auch vertrieben, damit sie das Haus bekommen. Den haben sie eines Tages abgeführt. Weg war er. Samt dem Hund. Der hat mir so Leid getan. Der hat ja gar nichts angestellt. Das war die SS. Links und rechts sind sie gegangen. Er in der Mitte, mit dem kleinen Hunderl. Weg war er. Und die haben ein Haus gehabt für jemanden. So ist es auch gegangen.

Der Dr. Weiss

Der Dr. Weiss, der war einmalig, mein Gott, na. Der Vater hat ihn oft vom Straßengraben rausgeholt. Der Dr. Weiss ist mit dem Radl gefahren. Sagt mein Vater: »Herr Doktor, was machen Sie denn da drin?« »Na ja, ich habe an etwas anderes gedacht.« Der ist gefahren und ist schon im Straßengraben gelegen.

Bananen

Der Dr. Weiss, der war damals unser Hausarzt. Einmal habe ich vor seinem Haus gewartet. Da ist seine Mutter, schon eine alte Frau, herausgekommen und hat mir eine Banane gebracht. Ich habe nicht gewusst, was das ist. Wir haben doch keine Banane gekannt. Ich habe hineingebissen und hab es ausgespuckt. Ich habe die Schale mitgegessen.

Umgebracht

Der Dr. Weiss war Halbjude. Den habe ich noch gesehen, bevor er sich umgebracht hat. Der hat den Naziweibern so viel geholfen. Er war dann im Sanatorium. Ich gehe über die Bahnbrücke und er kommt mir entgegen. Er sagt: »Wie geht's dir denn? Ich habe dich ja schon so lange nicht mehr gesehen. Wie geht's denn dem Poiderl?« Das war mein Bruder. »Der ist eingerückt.« Das war, kurz bevor er gefallen ist. Wir haben noch miteinander geredet. Er hat gesagt, dass ich schauen soll, dass ich ein bisschen zunehme und dass ich es mir gut gehen lassen soll. Er hat sich von mir verabschiedet. Am nächsten Tag war er tot. Ich habe so viel geheult um ihn. Weil er ein wunderbarer Doktor war. Gerecht. Er hat meine Mutter das ganze Jahr behandelt. Der ist zu jeder Tageszeit gekommen.

Mein Mann: bei jedem Einmarsch dabei

Mein Mann ist nach Russland gekommen. Bei jedem Einmarsch war er dabei. Ob's jetzt Frankreich war oder Rumänien oder Bulgarien oder Moskau – was weiß ich, wo sie überall hin sind – , überall war er vorne dabei, war er der Erste, als Kanonier. Bis zum Schluss. Er war bei der schweren Artillerie.

Hilda Novak mit Ehegatten, ca. 1941

In Gefangenschaft

In Gefangenschaft war er auch. In Omsk. Da hat die Ärztin gefragt, wer kochen kann. Da hat er sich gemeldet. Sag ich: »Du hast dich zum Kochen gemeldet?« »Aber ja«, sagt er. »Die haben das eh gegessen, was ich gekocht habe. Die waren froh, wenn sie was gekriegt haben.« Mein Mann war dann einer der Ersten, die zurückgekommen sind. Mein Mann ist ja zeitig gestorben, 1962, mit 51 Jahren. 1936 haben wir geheiratet. Am 12. 12. Unser erstes Kind wurde 1936 geboren, eine Frühgeburt, ein Bub. Dann sind noch zwei Buben gekommen. Der Karli – 1947 geboren – und der Hansl – 1949 geboren. Beide Sonntagskinder. Der Hansl ist mit 41 gestorben.

Frauenkopf dagelegen

Ich habe bei der Frau Brenn in der Strickerei arbeiten müssen. Mich haben sie auch angefordert. Als der Hitler in den Fabriken alle zum Arbeiten gebraucht hat. Ich bin immer nach Weidlingau in die Arbeit gefahren. Einmal hab ich keinen Platz gekriegt, bin ich durchs Wurzbachtal zu Fuß gegangen. Ist dort im Schnee ein Frauenkopf gelegen. Dagelegen. Im Schnee. Ich bin gerannt.

Fliegerangriffe

Als die Flieger gekommen sind, hab ich die Landkarte in sämtliche Viertel und Nummern eingeteilt gehabt. Ich habe gewusst, wo die Flieger herkommen. Ich habe gewusst: Halt, die sind schon in Wr. Neustadt. Und ich habe auch mein Radio so eingestellt gehabt, dass ich berechnen konnte, wann sie kommen. Dann bin ich nicht in die Arbeit gefahren. Später haben sie beim Fenster hineingeschossen. Da war meine Schwiegermutter zum Sterben. Die musste ich niederdrücken. Sie haben die Westbahn beschossen, ganz in der Nähe haben sie einen Tankwagen beschossen. Das sind so Sachen, was man da so alles mitgemacht hat und wie man aus dem ganzen Schlamassel rauskommen musste. Man hat das Beste daraus machen müssen.

Die Kuppel der Neusser-Villa

Die Neusser-Villa: Wenn man da in den Vorraum gegangen ist, da war alles voll mit Hirschgeweihen. Und die Kuppel, die ist aus Kupfer. Die haben sie angestrichen, weil der Hitler hat ja damals das Metall gebraucht für die Munition und für die Fabriken. Und damit sie die Kuppel nicht abmontieren, haben sie sie angestrichen. Die ist heute noch so. Daneben ist ein großes Wasserrad gewesen.

Hirsche und Wildsäue

Mir tut es ja so Leid, dass ich nicht mehr in den Wald gehen kann, wie ich will. Meine Füße sind so geschwollen. Ich kann nicht mehr so mit. Als ich noch in den Wald gegangen bin, sind Hirschen da gewesen und Wildsäue. Ich bin dahingegangen, als plötzlich ein Hirsch aus dem Graben herausgesprungen ist. Bin ich erschrocken! Da bin ich gerannt. Und wie die Russen gekommen sind, waren die Tiere weg. Die haben viele abgeschossen.

Von den Russen »verzaht«

Die Russen haben dann alle zusammengefangen, die sie nicht wollten. Beim Wienerwaldsee. Wo sie sie hin haben, weiß man nicht. Nie mehr ist jemand zurückgekommen. Unseren Nachbarn auch, den Kratky. Wahrscheinlich waren sie Nationalsozialisten. Er war beim Staat angestellt, in Wien drinnen. Wo er war, das weiß ich nicht. In Purkersdorf haben sie drei Häuser gehabt. Er war grauslich. Sie haben ausländische Madln gehabt. Zuerst Engländerinnen, dann Jugoslawinnen oder so. Und er war recht grauslich, recht ekelhaft. Und die Frauen haben sich gerächt. Was er ihnen angetan hat, haben sie ihm zurückgezahlt.

Der Selbstmord vom Kienner Fredl

Das war der Kienner Fredl – dem Waniek sein Onkel. Der hat zusehen müssen, wie die Russen seine Schwester erschossen haben. Die ist in seinen Händen verblutet. Ich bin herüben beim Meinl gestanden. Auf einmal kommt der Fredl und sagt: »Frau Novak, ich bringe Ihnen ein paar Packerl Tee (denn er hat gewusst, dass ich für meinen Magen russischen Tee brauche) und eine ganze Schachtel Marken. Und jetzt gehe ich auf den Friedhof und hänge mich auf.« Sag ich: »Machen Sie doch keinen Blödsinn, für was denn?« »Alle fahren sie fort«, sagt er, »und lassen mich allein da. Die Neunteufel sind alle in die Wachau gefahren.« Weil da war die Lindinger oben. Den Wein haben sie dagelassen. Und da sind die Russen rein. Und natürlich sind die Russen dann über die Weibsn gegangen. War schiach. Und der Fredl hat sich dann wirklich aufgehängt. Mit seinem Freund und seiner Freundin. In der Kapelle am Friedhof.

Gestohlen

Damals ist sehr viel gestohlen worden. Von den Russen und von den Einheimischen. Da hat einer den anderen bestohlen. Und dann siehst du sie mit Sachen, die dann plötzlich ihnen gehören.

So wirst du alt

Und so wirst du alt. Ein Jahr nach dem anderen vergeht. Das geht so geschwind, das glaubt man gar nicht. Ich bin eine der ältesten

»Da-Geborenen«. Alte gibt's genug in Purkersdorf. Und von den hundert Jahren habe ich jetzt 90 Jahre abgebogen. Ich kann es mir gar nicht vorstellen, dass ich schon so eine alte Schachtel bin. Wo ist die Zeit hingekommen?

Das alles zuwege gebracht

Was ich mitgemacht habe! Wie vielen ich die Augen zugemacht habe. Wem ich geholfen habe. Wem ich gegeben habe. Die Bomben – ober mir, hinter mir. Dass ich das alles zuwege gebracht habe! Und heute stehe ich oft mit nichts und niemandem da. Heute ist das nicht selbstverständlich. Damals hast du nicht gefragt: Soll ich dir helfen? Oder: Zahlst du mir das? Da hat man geholfen, ohne irgendetwas zu sagen. Mein Vater hat immer gesagt: »Wehe, ihr nehmts Geld fürs Helfen.«

»Mein Leben sind die Bücher«

Hermine Popenberger

Ich bin 1921 in Wien geboren. Nicht im Spital, sondern zu Hause. Da hat man ja noch so eine Familienhebamme gehabt. Die war mit allen per Du.

Wie ich zu meinem Namen kam

Meine Mutter wollte, dass ich »Ruth« heiße. Die Hebamme hat gesagt: »Ja, ja, gib sie her.« Die hat mich zusammengepackt und die sind dann, meine Taufpatin und sie, mit mir in die Kirche zur Taufe. Die sind dann nach Hause gekommen und haben gesagt: »So, da hast du jetzt deine kleine Hermine.« »Ja, wieso, ich hab doch gesagt ›Ruth‹.« »Wir sind ja nicht deppert, dass die so einen Namen kriegt. Die kriegt den Namen, der bei uns in der Familie üblich war.« So bin ich zu meinem Namen gekommen.

Ein Schmalzbrot für alle

Wie ich ein Kind war, das ist natürlich hundert zu eins. Ich bin in einem Hof aufgewachsen. Wir waren in dem Hof so fünfzehn bis achtzehn Kinder. Eine hat gesagt: »Ich habe einen Hunger.« Na, wir auch. Die haben wir dann zur Mutter geschickt um ein Schmalzbrot. Das ist dann im Kreis gegangen. Also nicht jeder ein Schmalzbrot, sondern ein Schmalzbrot für alle. »Du, beiß nicht so viel ab, dass für mich auch noch was bleibt.« So war die Zeit. Heute schmeißen die Kinder die Wurstsemmeln weg. Das hat es früher nicht gegeben. Wurstsemmeln haben wir gar nicht gekannt.

Ein Kübel als Klo

Genauso wie ein Klo. In dem ganzen Hof waren zwei Klos. Die durften wir aber nicht benützen, sondern nur die Männer, die arbeiten gegangen sind. Wir sind bis zu meinem zehnten, zwölften Lebensjahr auf den Kübel gegangen. Der ist ausgeschüttet worden, da war so eine Klappe im Hof, ein Brett über einem offenen Kanal. Im Winter haben wir auf dem Holz trampeln müssen, weil auf dem Haufen sind die Ratten gesessen. Wenn wir so getrampelt haben, sind die Ratten weggegangen und dann hat die Mutter den Kübel reingeschüttet. So bin ich groß geworden.

Unterirdischer Gang ins Hurenviertel

Da war ein unterirdischer Gang, der hat von der Hofburg über die Bellaria hinauf zu uns geführt. Und von dort sind die Herren durch unser Haus zum »Goldenen Löwen« in die Spittelberggasse gegangen. Das war damals das Hurenviertel. Da sind die Damen mit den ausgeschnittenen Blusen bei den Fenstern gelehnt. Die Großmutter hat immer gesagt: »Dass du mir ja nicht hinschaust.« Na, was für Kind schaut da nicht hin. Das war ja klar.

Rädelsführerin

Damals war ja Gaslicht. Oder wenn der Eismann gefahren ist: Es hat ja keinen Eiskasten gegeben. Dem sind wir nachgerannt und haben das dreckige Eis gelutscht. Es war für uns Kinder aber nicht schlecht. Wir haben viel gespielt. Es war immer eine ganze Gruppe. Und – ich muss zu meiner Schande gestehen – die Rädelsführerin war ich. Ich war ein sehr aufgewecktes Mädchen. Das war ich schon im Kindergarten. Meine Mutter hat mich mit drei Jahren in den Kindergarten gesteckt.

Junge Eltern

Ich habe sehr junge Eltern gehabt, das war damals eine Seltenheit. Meine Mutter war 18 und mein Vater 19. Die haben bei der Ehe erst großjährig gesprochen werden müssen. Sonst hätten sie gar nicht heiraten können. Sie haben aber heiraten müssen, weil ich schon unterwegs war. Damals war es im Kindergarten so, dass eine Gruppe ausgesucht wurde, die einen bestimmten Intelligenzquotienten gehabt hat. Und die sind dann beim Stadtrat Glöckel in die Schule gekommen. Nach einem halben Jahr hat die Leiterin gesagt: »Bitte schön, nehmen Sie Ihr Kind wieder heraus und bringen Sie es in drei Monaten, weil sie ist noch nicht reif.« Weil ich bin unter den Tisch gekrochen und habe den Kindern die Schuhbänder aufgemacht. Wir haben damals ja noch nicht lesen können. Da haben wir so Schilder oberhalb der Mäntel gehabt. Der eine hat einen Hund gehabt, der andere ein

Gansl und so. Ich bin halt gegangen und habe die Mäntel umgehängt. Das war dann eine furchtbare Streiterei, weil die die Mäntel nicht gefunden haben.

Bei Glöckel in der Schule

Nach drei Monaten bin ich wieder hingegangen und bin dann zur Versuchsklasse gekommen, die der Stadtrat Glöckel geleitet hat. Am Anfang haben wir noch mit Tafel und Griffel geschrieben. Erst später haben wir einen Bleistift und Hefte bekommen. Unsere Hefte, da habe ich gar nichts, denn die sind mitgenommen worden von denen, die zugehört haben. Da waren Amerikaner, Japaner, Engländer, die das in ihr Land mitgenommen haben.

Mein erster Hund

Wie ich den ersten Hund bekommen habe, war ich zwei Jahre alt. Wir haben ja nur ein Zimmer gehabt. Da waren die zwei Ehebetten und ich habe so ein Aufklappbett gehabt. Da unten hat der Hund geschlafen. Der hat mich auch in die Schule geführt. Nur beim Zurückgehen, wenn er mich abgeholt hat, hat er sich schwer getan, weil ihm alle die Schultasche umgehängt haben.

Ein paar Tätschen

Ich habe eine super Lehrerin gehabt. Ich hab nur ein einziges Mal, wie ich nach Hause gekommen bin, gesagt: »Heute war unsere Lehrerin wieder d…« Ich wollte sagen »deppert«, aber ich bin nur bis zum »D« gekommen, weil ich habe links und rechts ein paar Tätschen gekriegt, dass ich bei der Tür gesessen bin. Heute darf das ein Kind sagen. Damals war der Herr Direktor, der Katechet und die Frau Lehrerin – die waren über alles erhoben.

Die schlechte Zeit

Dann ist die schlechte Zeit gekommen. »Nehme jede Arbeit an. Egal welche. Bin Akademiker.« Ich habe dann einen Beruf gelernt. Mein Beruf als Stickerin war nicht kriegswichtig. Da haben sie mich vermittelt in eine Munitionsfabrik. Und das ist mir aber absolut nicht gelegen. Also da habe ich wirklich krank gespielt. Und da bin ich dann weg und hätte können Straßen bauen gehen oder zur Bahn oder zur Flak, zur Beobachtung, als Flugabwehrhelferin. Mein Vater hat gesagt: »Nein, dort gehst du nicht hin, weil da kommst du auf die schiefe Bahn. Und zum Straßenbau gehst du auch nicht.«

Zur Bahn

Also ist mir nichts anderes übrig geblieben, als zur Bahn zu gehen. Dort habe ich – laut meinen Zeugnissen – als Rechnungsbeamtin angefangen. Nach einem Monat ist der Chef gekommen und hat gesagt: »Sie, ich beobachte Sie die ganze Zeit, Sie sind eine tüchtige Rechnerin, aber eine bessere Personalbeamtin. Sie können mit Leuten umgehen. Sie können reden.« Mir ist das damals schon gelegen. Ich sage ja, ich war kein ruhiges Kind. Und das ist so bis zum heutigen Tag. Meine eigene Tochter würde es nicht vorziehen, mit mir in einem Haus zu wohnen. Weil die sagt: »Mama, du bist so dominierend, dass man mit dir nicht wohnen kann.« Bis zum Kriegsende war ich auf der Bahn.

Bibliothekarin

Im 44er-Jahr bin ich dann nach Purkersdorf heraus. Nach dem Krieg bin ich ins Büro gekommen. Im 46er-Jahr habe ich dann da geheiratet. Seit 52 bin ich in der Bücherei. Wir haben immer gelesen, mein Mann und ich. Wir sind immer in die Bücherei und haben uns Bücher ausgeliehen. Und da habe ich die Frau Lassman kennen gelernt. Die hat mit ihrem Mann die Bücherei geleitet. Die hat gesagt: »Sie lesen viel. Mein Mann ist sehr krank. Wollen Sie mir nicht helfen?« Und ich habe gesagt: »Ich war nie Bibliothekarin, aber ich kann's versuchen.« So bin ich zu dem Geschäft gestoßen. Ich habe die Kurse gemacht und bin jetzt eine fertige Bibliothekarin. Eine der ältesten, die es überhaupt noch gibt. Und so ist die Bücherei von 260, 280 Büchern auf jetzt 16.000 Bücher, ein bisschen mehr sogar, gewachsen.

Lesen, lesen, lesen

Ich habe das von jeher gemacht, weil ich Bücher geliebt habe und weil ich mit Büchern verbunden bin. Ich kann mir nicht vorstellen, dass ich einmal nicht lesen kann. Ich kann ohne

Bücher nicht sein. Wie das sein wird, wenn ich nicht mehr in die Bücherei gehen kann, das weiß ich nicht. Aber ich glaube, Bücher werde ich mir immer holen lassen. Das ist halt mein Leben. Wieso ich lese? Die Neugierde eigentlich. Ich kann nicht genug über andere Leute wissen. Wenn ich ein Buch lese, dann muss ich was davon haben.

Fünf bis sechs Stunden täglich

Wahnsinnig gern lese ich Biografien. Solche Sachen vom Leben, wie es früher war. Das ist die Faszination an Büchern. Lustige Sachen lese ich eigentlich fast gar nicht. Lustig bin ich selber, wenn ich will. Auch wenn ich schon so alt bin. Fünf bis sechs Stunden am Tag lese ich. Auf alle Fälle, wenn nicht mehr. Tag für Tag. Ich bin eine schlechte Schläferin. Ich stehe um halb sechs auf. Jetzt überhaupt, jetzt bin ich alleine. Mir ist das ganz wurscht, ob da droben Staub liegt. Wichtig ist mir das Lesen.

Die Bücherei und die jungen Leute

Es ist halt schade, dass sehr wenig junge Leute lesen. Aber ich kann das verstehen. Schauen Sie: Die Burschen haben Sport. Die Mädchen: Da ist schon die erste Liebe. Ich bin in der Bücherei von dreizehnjährigen Mädchen gefragt worden, ob wir etwas mit Sex haben. Wo man Stellungen drinnen sieht und solche Sachen. Sag ich: »Ja, mein Kind, solche Sachen führt die Bücherei nicht.« Meine Kollegin ist gleich vom Sessel gefallen. Solche Sachen stelle ich nicht ein. Die kommen bei mir gar nicht in Frage. Das haben wir nicht. Das führen wir nicht. Also wann sollen die Jungen lesen?

Es gibt für jeden etwas

Ich muss ehrlich sagen, mir tun alle jungen Leute Leid, die das nicht ausnützen, die nicht lesen. Denn es gibt ja für jeden etwas. Es gibt furchtbar viel über Sport, für junge Leute. Oder Mädchen. Ein Mädchen könnte ja ohne weiteres was Lustiges lesen. Sie können nicht gut rechtschreiben. Die Jugend fällt aus, bei der Bücherei. Das Alter von 16 bis 25. Ja, wenn sie was für die Schule brauchen. Ich fürchte ja, dass das eines Tages ganz auf-

Hans Popenberger, 1924

Hermine Popenberger in der Purkersdorfer Bücherei, 1991

hört. Was wollen die einmal ihren Kindern erzählen? Die können ja nicht schon die kleinen Bauxerln nehmen und mit ihnen auf den Sportplatz gehen.

Bücherei und Politik

Ich bin in keiner Partei. Eine Bücherei muss unpolitisch sein. Ich habe einen Leser gehabt, der hat mit »Heil Hitler« gegrüßt. Daraufhin habe ich gesagt: »Horchen Sie einmal. Zu mir können Sie ›Guten Tag‹ sagen, ›Tschüss‹, ›Guten Morgen‹, alles. Aber einen politischen Gruß bringen Sie da nicht an. Mir ist das wurscht, ob Sie rot, schwarz, grün oder blau sind. Aber ich bin nicht daran interessiert, welcher politischen Meinung Sie sind.« Ich habe einen Leser, der sucht sich diese Kriegsbücher heraus. Und zwar die, die politisch gefärbt sind. Er sagt aber nichts. Ich bediene ihn, ich gebe sie ihm, ich rechne, aus. Für mich ist der Fall erledigt. Es wird mir nie einfallen, mit einem Leser zu politisieren. Jeder Leser hat das Recht zu lesen, was er will.

Mein treuester Gefährte

Der treueste Gefährte ist ein Hund. Meiner, der lacht mit mir und der weint mit mir. Ich war 50 Jahre verheiratet. Einen Monat weniger. Ich habe eine sehr gute Ehe geführt. Wir haben die gleichen Interessen gehabt. Wir haben sehr viel Leid mitgemacht, aber auch sehr viel Freude. Und wenn so ein Mann stirbt, dann brauchen Sie eine Weile, bis Sie das überwinden. Und da ist es gut, wenn Sie einen Hund haben. Kinder, die gehen ihre Wege.

Zur Geschichte der »Duckhütten«

Aus den Aufzeichnungen von Hans Popenberger,
Ehemann von Hermine Popenberger.

Geboren 1907 in Purkersdorf, gestorben 1994.

Die ausgedehnten Waldungen waren in der Verwaltung des Kaiserlichen Waldamtes. Da durch die vielen Kriege Mangel an Arbeitskräften herrschte, holte man diese, woher man konnte. Und auch unsere Vorfahren waren darunter. Um die Leute unterzubringen, wurden einfache kleine Häuser gebaut, so genannte Duckhütten. In der ganzen Umgebung bestanden so primitive Hütten, bestehend aus Wohnraum, Küche und Stall. In der Häusergruppe Deutschwald waren fünf so Duckhütten und noch einige in den Nachbartälern.

Die Bewohner dieser dem Aerar* gehörenden Keuschen mussten Waldarbeit leisten. Von einer geregelten Arbeitszeit war keine Rede. Die Arbeit war unmenschlich schwer. Sie mussten das gefällte Holz aus den Gräben händisch bis zu fahrbaren Waldstraßen schaffen. Der Verdienst war so gering, dass er kaum das dürftigste Leben deckte.

Jeder Holzhacker hielt sich einiges Vieh, meist eine Kuh oder Ziegen und ein Schwein. Dazu ein kleiner Garten. Die Arbeit mussten die Frauen und Kinder leisten, die Frauen alterten früh und waren abgearbeitet, die Kinder im Wachstum zurück. Es war ja so, dass fast jedes Ehepaar fünf bis zehn Kinder hatte, viele starben im zarten Alter.

Meine Großeltern konnten vom Forstaerar um wenig Geld die Duckhütte kaufen. Sie bauten drei kleine Räume dazu, mit Bach- und Feldsteinen, und vermieteten das ganze Haus an Sommerparteien, nur um etwas Geld zu verdienen. Das war damals so, dass, wer in Wien etwas galt, auf Sommerfrische ging. Meist waren es auch ärmere Beamte und Lehrer. Sie mussten sparen und konnten sich keine teuren Sommerwohnungen leisten.

Meine Großeltern errichteten im Garten ein kleines Häuschen (es steht noch heute) und wohnten über den Sommer dort.

* Aerar: Sammelbegriff für alle staatlichen Betriebe und Besitzungen.

Duckhütte (heute Deutschwaldstraße 22), vor 1923

ca. 1956

»Der hat mich im Kugelhagel zurückgebracht«

Dr. Kurt Schlintner

Geboren 1927. Ich bin einer der wenigen Purkersdorfer, die auch in Purkersdorf geboren sind. Allerdings im Rettungsauto auf der Fahrt nach Wien. Mein Vater stammte aus einer armen Kleinhäuslerfamilie und hat sich zunächst in der k. u. k. Armee emporgearbeitet, zum Offizierstellvertreter, wurde dann Justizbeamter und war später viele Jahre Grundbuchsführer in Purkersdorf. Zu einem Zeitpunkt, als das Grundbuch von A bis Z händisch bearbeitet und geführt werden musste. Ich habe einen Bruder, der ist fünf Jahre älter.

Erste Erinnerungen

Meine allererste wesentliche Erinnerung stammt aus dem Jahr 1931. Da habe ich in der Steiermark den »Pfrimer-Putsch« erlebt. Ich sehe heute noch, wie wir aus der Messe herauskommen. Und plötzlich ein Geschrei, ein Gejohle, ein Geschieße. Mein Vater schnappt mich und läuft mit mir, dem Vierjährigen, davon. Vierzehn Jahre später hat mich ein anderer so im Kugelhagel davongetragen.

11. März 1938: Ich habe geweint

Der christlich-sozialen Grundausrichtung meiner Familie entsprechend war ich als Siebenjähriger Mitglied damals der Jugendorganisation des Heimatschutzes – »Jungvaterland«. Später dann des »Österreichischen Jugendvolks«. Ich habe die politische Entwicklung der Jahre 1937/38 wachen Ohres und wachen Auges miterlebt und schäme mich nicht zu sagen, dass ich am 11. März 1938, nach der Schuschnigg-Rede, geweint habe.

Wendehälse

Eine maßlose Enttäuschung habe ich dann am 12. März erlebt. Mein Bruder und ich haben in Hadersdorf – der heutige Stadtteil Hadersdorf-Weidlingau, Bezirk Penzing, war damals eine selbstständige Gemeinde und gehörte zum Bezirk Purkersdorf – einen führenden Funktionär der Vaterländischen Front aufgesucht. Wir waren der Meinung, einen zerknirschten Menschen vorzufinden. Das war keineswegs der Fall. Er hat uns mitgeteilt: »Na ja, schön. Ich habe in meinem Leben schon so oft Eide geschworen: auf den Kaiser, auf die Republik, auf den Ständestaat. Jetzt schwöre ich halt meinen Eid auf Hitler.« Das hat für mich, den elfjährigen Idealisten, sehr viel zu meiner Einstellung beigetragen, den Dingen realistischer zu begegnen.

März 1938: nicht viel mitgekriegt

Ich habe von den Märztagen 1938 in Purkersdorf nicht sehr viel mitgekriegt. Ich war auf der einen Seite abgewandt, enttäuscht und kann eigentlich keine Augenzeugenberichte wiedergeben, sondern nur erzählen, was ich an Berichten aufgeschnappt habe. Wer von der SA gefangen gehalten wurde. Wer mit Pauken und Trompeten und Katzenmusik durch den Ort geführt wurde. Vor ein paar Jahren ist ein betagter Purkersdorfer gestorben, im hohen Alter von 86 oder 87 Jahren. Den Namen sage ich Ihnen selbstverständlich nicht. Ein illegaler SA-Mann, der verhindert hat, dass außer Rand und Band geratene Angehörige der Österreichischen Legion einen jüdischen Dentisten in Purkersdorf, Holeschitz, schwerstens attackierten. Ich kannte und kenne ehemalige Nationalsozialisten, die alles andere als ungute Kerle waren, sondern ehrenwerte Menschen gewesen sind. Umgekehrt natürlich auch, das ist ja ganz klar.

Innerlich distanziert

Es hat sich für mich dann so abgespielt, dass ich der Hitlerjugend »beigetreten wurde«. Ein Freund, Reichsdeutscher, der in Österreich gelebt hat, hat mich bewogen, der Hitlerjugend beizutreten, ohne mich in irgendeiner Form zum Jungnazi zu wandeln. Immer innerlich irgendwie distanziert – oder skeptisch.

Hitlerjugend und Pfarrjugend

Mit 14, 15 Jahren, da habe ich einerseits bei der Weihnachtsfeier der Hitlerjugend irgendeine Rolle gespielt und gleichzeitig bei der Weihnachtsfeier in der Kirche, da ich in der Pfarrjugend verankert war – als gebliebener gläubiger Katholik und in jungen

Jahren als Ministrant. Ich glaube, es war im Jahre 1940, da wurde eine Fronleichnamsprozession nach außen hin erlaubt. Zur Ruhigstellung der katholischen Bevölkerung. Da bin ich mit der Fahne voranmarschiert, an der angetretenen Front der Hitlerjugend vorbei, obwohl ich eigentlich bei der Hitlerjugend hätte »Dienst« versehen müssen. Aber der Scharführer der Hitlerjugend – ein von mir sehr geschätzter Kerl – hat mich von weitem gesehen und hat sofort kommandiert: »Ganze Abteilung kehrt.« Ich bin außer von ihm ungesehen mit der Fahne vorbeimarschiert.

Verlogenes System

Im Februar 1943 wurden Angehörige der höheren Schulen als Luftwaffenhelfer eingezogen. Ich wurde als Fünfzehneinhalbjähriger praktisch Soldat. Ich habe in Flak-Stellungen in Wien gedient. Da ist meine Distanz zum Regime nur noch größer und stärker geworden, weil ich noch viel näher hinter die Kulissen blicken konnte und erlebt habe, welch verlogenes System das war.

Ein Arzt der Widerstandsbewegung

Ich habe dann das Glück gehabt, im Spätherbst 1943 auf einen Wehrmachtsarzt der Widerstandsbewegung zu stoßen. Wir Buben haben Fußball gespielt. Ich bin gestürzt und habe mir das Knie schwer angeschlagen. So, dass ich ins Lazarett zur Untersuchung kommen musste. Im heutigen Hanusch-Krankenhaus, das hieß vor dem Anschluss Rainer-Spital, damals war es das Wehrkreis-Lazarett VII. Da war eine Zelle der Widerstandsbewegung, wie ich später erfahren habe. Ich bin von einem Oberstabsarzt untersucht worden und bekam die Diagnose »Morbus Schlatter«. Das ist so eine Knochenauflösung. So wie es Muskelschwund gibt.

Ausschluss aus der HJ

Ich bin also mit sechzehneinhalb Jahren als Luftwaffenhelfer entlassen worden und kam zurück in meine Schule, ins Gymnasium Fichtnergasse. In der Klasse, in der ich war, sind lauter Herzkranke und sonstige Untaugliche gewesen. Zusammengezogen von mehreren Schulen. Neben einem hohen HJ-Führer war ich der einzige Gesunde in der ganzen Partie. Aber ich litt an »Morbus Schlatter«! Mein Klassenvorstand war ein bekannter Kommunist – der spätere Landesschulinspektor Anton Sacher. Mit dem konnte man ganz offen sprechen. Eines Tages bin ich dem HJ-Führer ganz gehörig über den Mund gefahren. Schließlich bin ich Anfang 1944 aus der Hitlerjugend ausgeschlossen worden.

Beim Reichsluftschutzbund

Ich habe mich in eine gewisse Position zurückgezogen, um unangreifbar zu sein, weil ich nicht mehr bei der Hitlerjugend war und dadurch eventuell einer Verfolgung ausgesetzt gewesen wäre. Ich war tätig in der Ortsorganisation des Reichsluftschutzbundes, als Melder. Die Organisation wurde von einem seriösen Nationalsozialisten geführt. Da war auch eine Dame dabei, eine spätere Gemeinderätin der ÖVP, Helene Strohschneider. Die war gut befreundet mit dem Purkersdorfer Tierarzt Barker. Dieser Tierarzt war der ehemalige nationalsozialistische Bürgermeister von Purkersdorf. Purkersdorf war von März bis Oktober 1938 noch selbstständige Gemeinde und erst im Oktober 38 ist die Eingemeindung nach Wien erfolgt. Der letzte Bürgermeister, bevor Purkersdorf eingemeindet wurde, war jener Tierarzt Barker. Helene Strohschneider war mit Barker befreundet und hat mit mir sehr viel im Luftschutzbund zusammengearbeitet.

Krankgeschrieben

Die erzählt ihm, dass ich zum Reichsarbeitsdienst einberufen werden sollte. Er sagt: »Ich gebe ihm eine Spritze, dass er einige Tage schwer krank ist, damit er nicht einrücken muss, damit er über diesen Termin hinauskommt.« (Der Nationalsozialist Dr. Barker! Er hat im Jahr 1945 Selbstmord begangen, als die Russen gekommen sind.) Mit dem Ergebnis, dass ich zwei Tage 37,2° Fieber gehabt habe. Und sonst nichts. Es kam der Hausarzt, Dr. Felzmann. Auch ein Nationalsozialist, auch einer, der im Jahre 1945 Selbstmord begangen hat. Aber erst, nachdem die Russen seine Frau und seine Tochter vergewaltigt hatten. Der kommt und dürfte erkannt haben, worum es sich dreht, und sagt zu mir: »Also Kurtl, wir verstehen uns, du bist krank.« Er schreibt mir eine Bestätigung, dass ich diesen Einrückungstermin nicht einhalten kann. Mit dieser Bestätigung fährt mein Vater zur Kommandantur. Aber dort hat's solche Fälle schon mehrere gegeben und die haben nur gemeint: »Also gut, sobald er wieder gesund ist, muss er nachrücken.«

Blinddarmentzündung simuliert

Ich musste eine Woche später einrücken und bin dann zu einem Einsatz nach Lilienfeld gekommen. Da habe ich zum ersten Mal extrem gepokert. Unsere Ernährung war null Komma Josef. Aus irgendeinem Grund haben wir ausreichend Essen bekommen. Ich habe so viel in mich hineingeschlungen, dass ich Bauchweh bekommen habe. Der Winter stand bevor. In Kürze wären wir zur Wehrmacht überstellt worden und nach Ungarn gekommen. Dort waren schon die Russen. »Ich kriege jetzt eine Blinddarmentzündung.« Ich habe eine Blinddarmentzündung vorgetäuscht. Ein Truppführer hat mir gesagt, dass ich vors Kriegsgericht komme, wenn er beweisen könne, dass ich simuliere. Der Chef hat mich zum Arzt geschickt. Der hat gesagt: »Wenn Sie eine Blinddarmentzündung haben, dann müssen Sie Fieber haben.« Er hat mir Temperatur gemessen und in dem Moment läutet draußen das Telefon. Er geht fort und als er zurückkam, hatte ich »Temperatur«. Ich komme zurück, mit Bestätigung, dass ich wahrscheinlich Blinddarmentzündung habe. Ich zeige die Bestätigung dem Truppführer. Der schüttelt nur den Kopf.

Im Spital Lilienfeld

Überwiesen wurde ich ins Spital Lilienfeld. Dort habe ich wieder Glück gehabt. Lilienfeld war damals ein geistliches Spital. Der Primarius war der Halbjude Dr. Marcus. Ein Neffe des Erfinders des Automobils, Siegfried Marcus, eines Pioniers des österreichischen Automobilwesens. Der Primar untersucht mich abermals und meint: »Im Zweifelsfall für den Angeklagten.« So haben sie mir am nächsten Tag den Blinddarm rausgeschnitten. Dann kommt der zu mir und fragt mich, was wir machen, damit ich lange dableiben kann. Dann hat er konstruiert, was ich alles habe. Ich bin dort geblieben von Ende Oktober bis Mitte Jänner.

Musterung und Zurückstellung

Zuvor bin ich einige Male zur Musterung gekommen, weil ich ja längst fällig gewesen wäre zur Wehrmacht. Es war für mich beeindruckend, wie selbst in der Nazi-Zeit ein ärztliches Gutachten akzeptiert wurde. Ich wurde immer wieder zurückgestellt – wegen »Morbus Schlatter«. So wurde ich zurückgereiht bis in den Frühherbst 1944. Ich habe in dieser Zeit aus meiner Abneigung gegen das NS-Regime kein Hehl gemacht, habe aber jedermann erklärt: »Lieber Hitler als Stalin.« So habe ich damals die Alternative gesehen. Diese Alternative habe ich durch die Ereignisse und vor allem die Folgen des 20. Juli 1944 gänzlich aufgegeben. Da habe ich gedacht: »Schlechter als das Hitler-Regime kann das Stalin-Regime auch nicht sein.«

Werbung zur Waffen-SS: »Nein, ich unterschreibe nicht.«

Inzwischen hatte ich mehrere Werbungen zur SS, zur Waffen-SS erlebt. Drei waren es insgesamt. Die ersten beiden waren relativ harmlos. Nur die dritte, die war im Mai 1944, da ist es mir hart an den Kragen gegangen. Wir wurden damals in das Schulgebäude Mollardgasse zitiert, in einen riesigen Saal. Diese Werbung war ein Meisterbeispiel der Massenpsychose und der Massensuggestivkraft. Wir sind einzeln zu dem Werber vorgeladen worden. Der hat mir ein Werbeschreiben vorgelegt. Ich hatte schon die Feder in der Hand und setzte an zur Unterschrift. Da habe ich mich wieder auf mich selbst besonnen, die Feder hingelegt und gesagt: »Nein, ich unterschreibe nicht.« Das hat zu einem Streitgespräch zwischen ihm und mir geführt, mit dem Ergebnis, dass er mich auf den Hinterkopf geschlagen hat.

»Überlass den mir«

Da wurde der Oberwerber auf das Ganze aufmerksam und kam auf uns zu. Der meinte: »Überlass den mir.« Nun kam das Zuckerbrot, die freundliche, liebenswürdige Art. Ich habe gesagt, dass ich die Waffen-SS ablehne, weil sie eine politische Organisation ist. Und man soll doch trennen zwischen Partei und Wehrmacht. Die Waffen-SS salutiert ja auch nicht, sondern grüßt mit dem deutschen Gruß. Und das ist doch keine militärische Angelegenheit, denn militärisch salutiert man. Da sagt er zu mir: »Du wirst noch erleben, dass auch die Wehrmacht mit dem deutschen Gruß grüßt.« Ich gebe zur Antwort: »Wenn ich erlebe, dass die deutsche Wehrmacht mit dem deutschen Gruß grüßt, dann erlebe ich auch sicherlich, dass es keinen deutschen Gruß mehr gibt.«

Schlotternde Knie

In dem Moment fällt seine Maske ab, er springt auf, brüllt über den ganzen Saal. Ich bin mit schlotternden Knien hinausmarschiert und bin sofort zum Luftwaffengaukommando gefahren und habe mich als Reserveoffiziersbewerber der Luftwaffe gemeldet. Vielleicht rette ich mich auf diese Art und Weise. Eingerückt bin ich letzten Endes zur Infanterie. Eine SS-Verfolgung hat es nicht gegeben.

SS-Zeichen

Die SS-Leute bekamen in den Oberarm etwas eintätowiert oder eingebrannt. So wie die KZler ihre Nummer. Die SS-Leute haben sich, solange sie noch in deutschen Gefangenenlazaretten waren, das SS-Zeichen herausoperieren lassen. Natürlich hat man das dann gesehen. So haben sie nach einer neuen Methode gesucht. Dann ist das mit Salz herausgebrannt worden.

Eingezogen und schwer verwundet

Mitte Februar 1945 wurde ich zur Wehrmacht eingezogen. Alle meine Künste und alle Künste von Ärzten waren ab da vergebens. Ich bin dann am 22. April 1945 bei Brünn schwer verwundet worden. Ich bin bis heute zu 40 Prozent Kriegsgeschädigter. Weil wir einen Wahnsinnsangriff machen mussten. Der ist von den Russen sofort zurückgeschlagen worden. Wir sind veranlasst worden, am 20. April 1945, im Niemandsland zwischen Russen und Deutschen Hakenkreuzfahnen auszulegen.

Da hat's geklickt

Ich habe am selben Tag die Rede Goebbels' zum Führergeburtstag gehört. Mit der berühmten Passage: »Eine Führung, die das und das ..., und unter Umständen dem Volk vorangeht im ehrenvollen Sterben.« Wie ich die gehört habe, hat's geklickt bei mir.

Und weil wir diese Hakenkreuzfahnen ausgelegt haben, haben die Russen einen Angriff gestartet, und bei dieser Gelegenheit habe ich einen Schuss bekommen: von oben bis unten durchsiebt von einer Panzergranate. Die Russen haben sich damals schon den makabren Scherz erlaubt, auf einzelne Soldaten mit Panzergranaten zu schießen.

Ein Wiener »Peitscherlbua«

Gerettet hat mich ein Wiener »Peitscherlbua«, einer von der Wiener Zuhälter-Partie. Der hat mich aufgenommen, hat mich im Kugelhagel der russischen Infanteriegeschosse zurückgebracht. Hat mir sein letztes Stückerl Brot gegeben. Hat mich aus seiner Feldflasche trinken lassen. Es ist mir geblieben, dass ich seit der Zeit diese Menschen mit einem anderen Auge sehe. Dem habe ich mein Leben verdankt. Ich bin an Ort und Stelle operiert worden. Die Russen sind immer weiter vorgerückt. Das Lazarett musste fluchtartig geräumt werden. Ich wäre unter denen gewesen, die den Russen überlassen worden wären. Ich war an beiden Beinen geschient und hatte am linken Arm einen Streckverband. Nur den rechten Arm konnte ich bewegen. So habe ich mir zwei Krücken besorgt und habe mich bis zum Zug vorgearbeitet.

Vernadert – Ende April 1945!

Dort bin ich zum letzten Mal dem Terrorregime entkommen. Im Zug bekomme ich eine Zeitung. Da lese ich, die Berliner sind guten Mutes, denn sie wissen, der Führer ist unter ihnen. Ich sag: »Wos, der Hitler ist eingeschlossen in Berlin. Na Gott sei Dank, dann ist der Krieg in ein paar Tagen aus.« Da gibt es Ende April einen, der mich vernadert hat! Es dauert nicht lange, kommt eine Streife und sagt: »Wo ist der, der das und das gesagt hat?« Stillschweigen! Kein Mensch hat was gesagt. Die Streife geht weiter, findet niemanden und fängt wieder von vorne an. Und bevor sie wieder zu unserem Wagen kommen, gibt's Fliegeralarm und Zugsabfahrt. Und ich war wieder gerettet.

Vom »Heil Hitler« zum »Grüß Gott«

Ich bin dann nach Prag gekommen, in ein Reservelazarett, und bin dort wieder operiert worden. Ich habe in Prag das Ende des

Krieges erlebt. Die ersten Tage in Prag, noch unter Hitler, kommen die Ärzte herein: »Heil Hitler.« Dann, nachdem der Tod Hitlers bekannt wurde: Hand gehoben und kein Wort gesprochen. Ab 2. oder 3. Mai: »Guten Morgen, Visite.« Da habe ich an das Gespräch mit dem SS-Werber gedacht: »Wenn ich erlebe, dass die deutsche Wehrmacht mit dem deutschen Gruß grüßt, dann werde ich auch erleben, dass es keinen deutschen Gruß mehr gibt.«

Von Prag Richtung Heimat

Den Aufstand in Prag haben wir nicht erlebt, weil wir in einem Vorort von Prag gelegen sind. Am 4. oder 5. Mai werden wir auf einmal verladen. Wir hören, in Prag ist der Aufstand ausgebrochen. Wir werden gemeinsam von deutschen Sanitätern und Tschechen mit der tschechischen Flagge verladen. Das waren die von der tschechischen Nationalbewegung. Als Beneš seinen Schwenk nach Moskau unternommen hat, hat sich in London eine nationaltschechische Gegenregierung gebildet, unter General Prchala. Diese Tschechen haben mit den Deutschen bedingt zusammengearbeitet und uns aus Prag herausgebracht.

Auf der Demarkationslinie

Der Druck war weg, ich konnte ja von keinem Nationalsozialisten mehr verfolgt werden, das hat's ja nicht mehr gegeben. Wir sind aber am Tag der deutschen Kapitulation von Russen eingeholt und zunächst in russische Gefangenschaft genommen worden. Wir standen haargenau auf der Demarkationslinie. Wir wussten: Von welcher Seite die Lokomotive kommt, dorthin kommen wir. Kommt sie vom Osten, kommen wir zu den Russen. Kommt sie vom Westen, kommen wir zu den Amerikanern. Plötzlich kuppelt die Lokomotive vom Osten an. Das hat so einige Stunden gedauert.

Waggons mit holländischen Kindern

Auf einmal wird der Zug wieder abgekoppelt und eine Maschine im Westen angekoppelt und setzt sich nach Westen in Bewegung. Er fährt ein paar hundert Meter und bleibt wieder stehen. Das genügte! Und zwar waren in diesem Zug zwei oder drei

Waggons mit jüdischen oder gemischten oder nichtjüdischen holländischen Kindern. Wie die dorthin gekommen sind, weiß ich nicht. Und das war den Russen zu beschwerlich, die abzukoppeln und den Amerikanern zu übergeben. Sodass der russische Kommandant gesagt hat: »Fahrts alle miteinander ab.«

Kriegsende

Meine Mutter ist aus Purkersdorf geflüchtet, als die Russen gekommen sind. Mein Vater wurde als 60-Jähriger zum Volkssturm eingezogen. Meine Mutter war sehr ängstlich. Wiewohl meine Eltern ja bekannt waren als Nicht-Nationalsozialisten, hat sie sich den Flüchtlingen angeschlossen und wurde in Unterach am Attersee in Sicherheit gebracht. Mein Bruder, der an der Ostfront und zum Schluss bei St. Pölten stationiert war, wurde am 2. Mai noch auf Großadmiral Dönitz – den neuen Führer des Deutschen Reiches – vereidigt. Er ist dann in amerikanische Gefangenschaft gekommen und von dort zu meiner Mutter nach Unterach entlassen worden. Mich aber hat es letzten Endes nach Waizenkirchen in Oberösterreich verschlagen, zu einem Schulfreund. Die Russenzone war ja ganz allgemein tabu.

Zu Hause

Meine Mutter und mein Bruder haben dann durch einen Brief von mir, den ich ursprünglich nach Purkersdorf geschickt hatte, von meinem neuen Aufenthalt erfahren. Und so ist mich mein Bruder suchen gefahren und hat mich aufgelesen. Wir sind dann im Oktober oder November 1945 heim. Ich bin dann einmal ins Kino gegangen und habe einen russischen Propagandafilm gesehen. Ich bin aus diesem Film wie betäubt herausgelaufen. Ich habe mir gesagt: »Dieser Stalinismus ist ja noch viel ärger, als ich mir vorgestellt habe.« Meine Einstellung war dann, dass ich alles in meinem Rahmen Mögliche tun will, um zu verhindern, dass dieses Österreich zu einem Ostblockland wird.

Kategorischer Imperativ: dankbar in der und für die Öffentlichkeit

Weil ich also so viel Glück gehabt habe; weil ich einer der wenigen meines Jahrgangs war, die das überstanden haben; weil ich –

auch wieder über Umwege – Ende 1945 nach Purkersdorf zurückgekommen bin, habe ich mir den kategorischen Imperativ auferlegt, mich dankbar zu zeigen in der und für die Öffentlichkeit. Und das ist der Grund, warum ich von 1945 bis heute in allen möglichen Funktionen in der Öffentlichkeit tätig bin.

Studium

Ende 1945 habe ich mein Studium begonnen. Ich wollte Geschichte und Geografie machen, war aber letzten Endes gezwungen, auf Geschichte und Deutsch umzusatteln, was ich bis zum heutigen Tag nicht bereut habe. Ich habe für mein Studium relativ lange gebraucht und habe 1950 promoviert. In dieser Zeit hatte ich zweimal Operationen – im Zusammenhang mit meiner Kriegsverletzung. Die Lehramtsprüfung habe ich 1951, das Probejahr 1951/52 abgelegt. Ich bin, wie alle damals, vor einem Überangebot an Lehrern dagestanden. Zu diesem Zeitpunkt sind alle minderbelasteten und belasteten Lehrer wieder eingestellt worden.

Kurt Schlintner, 1963

Bundesparteileitung der ÖVP

Ich hatte das Glück, dass ich seit 1945 für meine Anschauung politisch tätig war. Das hat dazu geführt, dass ich 1952 Bundessekretär der Österreichischen Jugendbewegung wurde. Heute hieße das Generalsekretär der Jungen ÖVP. Im Spätherbst 1952 stieg ich in die damalige Bundesleitung der ÖVP in der Kärntnerstraße 51 ein. Dort wurde mir mein Idealismus reichlichst abgekauft. Die »Schlangengrube Kärntnerstraße«. Damals habe ich den für mein weiteres Leben entscheidenden Beschluss gefasst: Ich muss auf beiden Beinen in meinem Berufsleben stehen. Erst dann bin ich zu allen anderen Dingen bereit.

Professor am Wasagymnasium

Ich bin also nach nicht einmal einem Jahr wieder aus der Bundesleitung ausgestiegen und habe mich bemüht, einen Posten als Gymnasialprofessor in Wien zu bekommen. Kurz darauf konnte ich am Wasagymnasium anfangen. Üblicherweise tritt man seinen Dienst an einer Schule an, wandert in den ersten paar Jahren ein, zwei Schulen weiter und ist dann in einer Schule fixiert. Ich habe im Oktober 1953 meinen Posten am Wasagymnasium angetreten und bin dort 35 Jahre bis zu meiner Pensionierung geblieben. Von da an war ich bereit, mich wieder exponiert politisch zu engagieren.

Im Purkersdorfer Gemeinderat

Ein Jahr später, am 1. September 1954, ist Purkersdorf wieder selbstständig geworden. Ich bin mit demselben Datum in den Purkersdorfer Gemeinderat eingestiegen und blieb da 36 Jahre – bis zum Frühjahr 1990. Zunächst Gemeinderat, dann geschäftsführender Gemeinderat und dann, von 1965 bis 1990, als Vizebürgermeister. Ich hatte vier Bürgermeister als meine Vorgesetzten. Erst war ich fünf Jahre lang Vizebürgermeister unter einem roten Bürgermeister. Dann 19 Jahre unter ÖVP-Bürgermeistern. Und das letzte Jahr wieder unter einem roten Bürgermeister. Es war eine Maxime von mir: Ich wollte nie Bürgermeister in Purkersdorf werden. Und ich wollte nie Direktor in Wien werden. In Wien vollbeschäftigt zu sein und hier in Purkersdorf – das wäre nicht gegangen. Aber ich wollte immer in beiden Bereichen tätig sein.

Autounfall 1968

1968 hatte ich einen schweren Autounfall. Meine Frau wurde angerufen: Wenn sie mich noch einmal sehen will, soll sie sofort ins Spital kommen. Ich war kurze Zeit besinnungslos und bin dann wieder zu mir gekommen. Da habe ich bemerkt, dass ich keinen Atem bekomme. Ich hatte auch eine Nierenquetschung. Aus der Zuschauermenge kommt ein Mann auf mich zu, sagt mir, dass er Arzt ist und ob er mir helfen könne. Ich habe mit letzter Not gestammelt: »Ich bekomme keine Luft.« Er hat mich aufgesetzt und richtet mich so, dass ich Luft bekomme. Dann kommt die Rettung und legt mich wieder gerade hin. Wenn die im Stau gestanden wären, wäre ich wahrscheinlich erstickt. 1968 bin ich dann von Mai bis Oktober außer Gefecht gewesen.

In Pension

Mit meinem 60. Lebensjahr bin ich in Pension – ich muss fast sagen – »getreten« worden. Der schwarze Personalreferent des Stadtschulrates hat mir gesagt: »Wenn du gehst, können deine beiden letzten Probekandidaten für dich jeder ein Lehrpflichtstückel übernehmen. Wenn du bleibst, müssen wir sie auf die Straße stellen.« Das war im Jahre 1987. Genau in dem Jahr, in dem in Purkersdorf der Krieg begonnen hat: der Krieg innerhalb der ÖVP. Und der Krieg ÖVP gegen SPÖ. Mit dem Endergebnis, dass Schlögl Bürgermeister geworden ist, weil zwei ÖVP-Granden aneinander gerieten: Matzka und Michelitsch. 1987 habe ich auf Wunsch beider Streitparteien wieder die Fraktionsführung übernommen – die ich 1984 nach 30 Jahren gesundheitshalber abgegeben hatte. Es war unmöglich für mich, in Purkersdorf voll und ganz einzusteigen und in Wien eine volle Lehrverpflichtung zu übernehmen. Das war mit ein Grund, dass ich aus der Schule gegangen bin.

Das Goldene Ehrenzeichen der Republik

Dann ist noch Folgendes hinzugekommen: Der Personalreferent hat zu mir gesagt: »Wenn du jetzt gehst, bekommst du das Goldene Ehrenzeichen der Republik Österreich. Wenn du erst mit 65 gehst, kriegst du nur das Silberne.« Das anzuführen ist ja ein Treppenwitz der Weltgeschichte im Kleinen.

Scharfmacher

Ich könnte mich nicht entsinnen, dass es unter den führenden Purkersdorfer Nationalsozialisten irgendwelche Scharfmacher gegeben hätte. Der Ortsparteileiter war nicht gerade die erste Wahl, harmlos. Die kommunistischen Scharfmacher 1945 waren zumeist ehemalige Nationalsozialisten. Im Purkersdorfer Heimatmuseum hängt ein Bild aus dem Jahre 1938, vor der Purkersdorfer Trafik. Da steht einer mit dem Gewehr in der Hand. Der gehörte nach 1945 zur kommunistischen Führungselite in Purkersdorf. Ein anderer: der »Polizeipräfekt« von Purkersdorf. Der Hauptscharfmacher war ein gewisser Narrath. Ob der eine nationalsozialistische Vergangenheit gehabt hat, weiß ich nicht. Die humanen Kommunisten waren der Czernoch und seine Gruppe.

Mitläufer

Es gibt immer und überall nicht nur Prononcierte, sondern Mitläufer oder Krawallschanis, die sind für den, der ihnen am meisten Möglichkeiten gibt. Ich habe genug Heimwehrler und Sturmscharler gekannt, die 1938 plötzlich mit der Hakenkreuzbinde und mit dem Mitgliedsbuch der NSDAP aufmarschiert sind. Ähnliches hat's wieder im 45er-Jahr gegeben. Wobei es bei uns nicht so tragisch war, weil Zurek verhindert hat, dass wir ein Kommunistendorf geworden sind. Gablitz hatte fast drei Jahre lang einen Kommunisten als Bürgermeister zu ertragen. Vergleiche hinken immer. Aber wenn ein Weinfass umgestülpt wird, dann wühlt es den Dreck auf und es dauert eine Zeit, bis sich dieser Dreck setzt, bis wieder der klare Wein da ist. Das kann man bei jedem Umsturz sagen: Diejenigen, die am lautesten und am wildesten um sich schlagen, sind ja meistens solche, die selber Dreck am Stecken haben.

Eine Lehre fürs Leben

Wo immer ich kann, spreche ich mich gegen eine Verurteilung aus und sage: »Halt, in jedem Menschen schlummert was Gutes.« Und jeder hat einmal die Chance, sich im Sinne einer Humanität zu bewähren. Nicht nur die, die salbungsvoll sprechen. Auch solche Leute wie der »Peitscherlbua«. Der sein Leben eingesetzt hat, um mich zu retten. Der hat mir eine Lehre fürs Leben mitgegeben. Die persönliche Freundschaft ist für mich als Brücke zwischen zwei Menschen viel stärker als irgendwelche parteipolitischen Arrangements.

Kritisch gläubig

Ich bin ein gläubiger Katholik. Allein schon durch meine Erziehung. Bin aber alles andere als brav gläubig. Ich bin kritisch gläubig und habe mit Begeisterung das Kirchenvolksbegehren unterschrieben. Ich sehe ungern eine katholische Enge, sondern halte es mit dem, was »katholos« eigentlich bedeutet, nämlich weit, weltumfassend, Öffnung. Papst Johannes XXIII. hätte 20 Jahre jünger sein müssen, dann würden wir heute in der Kirche anders ausschauen. Der Heilige Geist wird schon wissen, warum er uns gerade den heutigen Papst beschert hat.

Meine Frau

Die große Bedeutung meiner Frau bestand und besteht darin, dass sie mich seit jeher (wir haben 1954 geheiratet) in all meinen politischen Tätigkeiten nicht direkt unterstützt hat. Ich bin ja an und für sich ein Zoon politikon, der in die Gefahr gekommen wäre, alles nur politisch zu sehen. Meine Frau hat mit ihrer überdimensionalen Liebesfähigkeit in mir die andere Seite des Lebens zum Klingen gebracht. Dass ich kein Apparatschik geworden bin. Die Verwirklichung des Ichs ist nur über das Du möglich. Für mich ist religiös das größere Du Gott. Aber das menschliche Du ist die Möglichkeit zu sich selbst zu finden. Und durch meine Frau habe ich auf diese Art und Weise zu mir selbst gefunden. Sie hatte wohl die Hauptlast für unsere drei Kinder zu tragen gehabt, obgleich ich bestrebt war, ein guter Vater zu sein. Die politische Atmosphäre hat in unserer Familie keine Rolle gespielt. Meine Kinder stehen heute fest im Leben und meine Gattin ist für ihre acht Enkel eine heiß geliebte Omi. Und für mich ein geliebter Lebenspartner, mit dem man das Leben bewerkstelligen kann.

»Mein Mann hat mich gekündigt – ohne mein Wissen«

Marianne Weiss

Ich bin 1916 im 21. Bezirk in Wien geboren. Geborene Anderle, Marianne. Ich bin in die Volks- und Hauptschule gegangen und habe dann die fünfjährige Frauenoberschule mit Matura gemacht. Ich habe eine ganz wunderschöne Jugend gehabt. Ich glaube, ich habe die besten Eltern gehabt, die besten Großeltern. Ich war das einzige Kind.

Der Vater: Österreich – Ungarn – Tschechien

Mein Vater ist in Stockerau geboren. Als er zwei Jahre alt war, sind sie nach Ungarn, nach Neuzenk, auf Deutsch: Zinckendorf. Mein Großvater war dort in einer Zuckerfabrik Direktor. Mein Vater hat die ungarische Schule und in Sopron die deutsche Schule gemacht. In Sopron hat er Polnisch gelernt. Und er hat Tschechisch gesprochen, weil sein Vater und seine Mutter Tschechisch konnten. Die haben irgendwo an der Grenze gelebt. Die waren zweisprachig – mehr tschechisch als ungarisch. Das hat meinem Vater dann im Krieg das Leben gerettet.

Das Weiss-Haus

Die Weiss, die sind von Böheimkirchen herunter. Wo das heutige Pub ist, war eine gewisse Frau Eder. Das war eine Lebensmittelhandlung, ein kleines Geschäft. Von meinem Mann der Großvater, der hat bei dieser Frau gelernt. Und von dort hat er immer heruntergeschaut auf das jetzige Weiss-Haus. Im heutigen Weiss-Haus, damals Hauptplatz Nr. 7, da war damals noch kein Stock drauf. Da sind die Pferde gefüttert worden. Da war eine Maut-Stelle. Und der Großvater, der wollte immer dieses Haus. Der frühere Besitzer, der ist zugrunde gegangen. Und eines Tages hat es der Großvater gekauft. Und mein Schwiegervater hat das dann vom Großvater gekriegt.

Das Warenhaus Weiss (heute Hauptplatz Nr. 9) im Wandel der Zeit

Die Danzinger

Später hat er die Annerl Danzinger kennen gelernt. Die haben vis-a-vis vom Westbahnhof ein Gasthaus gehabt. Die Danzinger, die haben die ganzen Fiaker-Fahrer als Gäste gehabt. Unter anderem auch den, der den Kronprinz Rudolf geführt hat. Der Vater und die Annerl haben sich bei der Firmung kennen gelernt. Der Vater hat einen Firmling gehabt, einen Bub, und sie hat einen Firmling gehabt, ein Mädl. Früher hat man so ein Firmbandl, ein Stirnbandl, gehabt. Der Vater hat immer auf sie geschaut und hat dem Buben die Augen zugebunden statt auf die Stirn. Und sie hat zum Lachen angefangen.

Die Heirat des Schwiegervaters

So haben sie sich ein bisschen kennen gelernt. Und am nächsten Sonntag ist der Schwiegervater schon ins Wirtshaus von den Danzinger hineingefahren. Und so haben sie sich kennen gelernt. Der Vater Danzinger hat gesagt: »Sagts einmal, wer ist denn der Gast dort, der immer die Protektion mit dem großen Schnitzel hat?« Sie haben dann geheiratet. Sie hat das Geld mitgebracht, zum Aufstocken. Die zwei haben sich dann viel geschaffen. Das Haus in der Berggasse. Fast die ganze Kellerwiese hat ihnen gehört. Und die große Sagbergwiese.

Arbeit beim Rechtsanwalt

Ich habe beim Rechtsanwalt Dr. Hartmann als Büroangestellte gearbeitet. Ich habe dem einen Substituten erspart. Ich habe mich so hineingelegt in die Arbeit. Der war ein Scheidungsanwalt. Er hat sehr namhafte Klienten gehabt. Von der Oper, von der Burg. Bei uns im Haus hat ein Straßenbahnschaffner gewohnt, mit zwei Kindern. Der hat damals 240 Schilling gehabt. Das weiß ich noch wie heute. Und ich habe 250 Schilling gehabt. Im Monat. Sie können sich denken, was das für ein guter Posten war.

Kündigung ohne mein Wissen

Ich habe dann meinen Mann kennen gelernt. Der wollte nicht, dass ich weiter arbeiten gehe. 1939 haben wir geheiratet. Das wollte mein Mann, weil er gesagt hat: »Schau, wenn ich einrücke, haben meine Eltern niemanden für das Geschäft.« Eines Tages bin ich in die Kanzlei gekommen und der Herr Doktor war so mürrisch. Der war sonst immer so nett. Da sagt er: »Haben Sie kein Vertrauen? Oder sind Sie unzufrieden? Sie reden nichts, Sie sagen nichts, warum kommen Sie und warum kündigen Sie?« Sag ich: »Ich habe nicht gekündigt, Herr Doktor.« »Ja, gestern war Ihr Bräutigam da und der hat Sie gekündigt.« Ist mein Mann hingegangen und hat mich gekündigt. Ohne dass ich was gewusst habe. Ich habe ihm einen Vorwurf gemacht, bin aber dann trotzdem weg. Mit schwerem Herzen, mit ganz schwerem Herzen bin ich von dort weggegangen. Ich war damals 21 Jahre alt.

Nach Purkersdorf

Ich bin von Wien nach Purkersdorf und gleich ins Geschäft gekommen. Ich habe mich immer interessiert fürs Kaufmännische. Das ist mir gelegen. Mir hat's sofort gefallen in Purkersdorf. Ich wollte keinen Schritt mehr nach Hause.

Krieg

Mein Mann ist dann eingerückt. Wir haben eine Reise nach Mariazell gemacht und haben im Zug das Telegramm bekommen, dass er einrücken muss. Mein Mann war dann lange in Wien. Dann wäre er zur sechsten Armee gekommen. Ich bin nach Wien gefahren und habe angesucht, ob es möglich wäre, dass mein Mann zurückgestellt wird, weil er für das Geschäft unabkömmlich ist. Er hat damals ein Beiwagenmotorrad gehabt. Mit dem hat er ja Waren beschaffen können. Nach einer Weile, so nach einem Jahr, ist das durchgegangen. Mein Mann war in Saloniki und ist von dort zurückgekommen. Mein Vater hat noch zu der Sturmabwehr gehen müssen. Im letzten Moment haben sie noch die alten Leute geholt. Aber mein Vater war so klug, der hat sich mit drei, vier anderen Männern versteckt.

Die Russen kommen

Dann sind die Russen gekommen. Mein Mann hat uns da oben in Wolfsgraben ein Loch gegraben. Da haben wir eine Nacht geschlafen, wie wir gewusst haben, dass die Russen jeden Moment kommen. Wir haben unser Haus abgesperrt. Meine Mutter war auch da. Ich war halt fürchterlich aufgeregt. Mein älterer Sohn war drei Jahre alt und der andere ein Jahr. Wir waren zehn oder zwölf Leute. Unten im Magazin haben wir so eine große Decke gehabt. Die hat mein Mann aufgebrochen und unsere wertvollen Sachen hineingehaut. Pelzmäntel und Teppiche und Schmuck und so. Als dann die Russen schon da waren, sind wir wieder runtergekommen. Wir sind bis zum Haus gegangen. Ich habe die Schlüsseln gehabt und habe aufgemacht. Wir sind herein und ich habe gesagt: »Na also, die Russen haben uns doch nichts gemacht.« Es war nicht eingebrochen, es war gar nichts. Es war so, wie wir es verlassen haben.

Ich hab mich die Stiege runtergehaut

Ich bin hinaufgegangen und habe uns einen Tee gemacht. Ich komme mit der Kanne rein und auf einmal geht's tschingbumm, tschingbumm und die Russen waren schon da. So Mongolenrussen. Die haben alles aufgebrochen. Mir ist das Herz bis oben gestanden. Wir waren drei Frauen: meine Mutter, ich und ein Kindermadl. Wir sind gleich in den Boden hinauf, in dem die Lehrbuben geschlafen haben. Mein Mann hat sich mit den Kindern befasst. Zwei Russen sind uns da oben rauf nachgegangen. Ich habe ein Kopftuch angehabt und wir haben uns ganz verschmiert. Wir waren angezogen wie die Russen selber. Der Russe gibt mir das Kopftuch runter. Er fragt mich: »Herr gut? Herr gut?« Ich sage: »Herr gut, da ist er«, und hau mich die Stiege hinunter. Das ganze Knie habe ich zerschunden gehabt. Die Russen haben dann bei uns in der Wohnung gehaust. Sie haben uns einiges eingehaut. Sonst haben sie uns Gott sei Dank nichts gemacht, muss ich ganz ehrlich sagen. In unserer Familie war Gott sei Dank nichts.

Tasche weg: Ist auch wurscht

Mein Mann hat eine Tante in der Berggasse gehabt. Ich hab zum Kindermadl gesagt: »Komm, gehen wir in die Berggasse.« Da erinnere ich mich, dass ich in der Küche noch meine Tasche stehen habe. Da habe ich alles drinnen gehabt: 10.000 Schilling, ein bisschen einen Schmuck und was halt eine Frau so hat. Ich habe die Tasche genommen und der erste Russe nimmt mir gleich die Tasche weg. Na, ist auch wurscht gewesen. Wir sind dann rauf zur Tante, in die Berggasse Nr. 7. Zwanzig Leute sind wir im Keller gewesen. Dort sind sie immer runtergekommen und haben uns kontrolliert. Ich habe immer zu meinem Sohn gesagt: »Weine, wein!« Und der hat geweint. Und das haben sie nicht hören können und sie sind wieder gegangen.

Täglich von Purkersdorf nach Mariahilf und retour

Nach dem Krieg sind wir mit der Warenbeschaffung gut zurechtgekommen. Wir haben damals 200 bis 300 Rayonierungen gehabt. Mein Mann hat sich einmal den Oberschenkel gebrochen. Da bin dann ich mehrere Wochen hindurch jede Woche einmal von Purkersdorf nach Mariahilf und von Mariahilf nach Purkersdorf gegangen. Fünf Kilo Öl in der einen Hand, fünf Kilo Zucker in der anderen Hand.

Alles verteilt

Ich habe dann zu meinem Mann gesagt: »Weißt was, bevor die Russen kommen und alles wegnehmen, verteilen wir es.« Wir haben alles, was wir an Vorrat gehabt haben, verteilt. Zu uns sind sie nicht stürmen gekommen, weil sie gesehen haben, dass wir alles weggetragen haben. Wir haben nichts mehr im Geschäft gehabt. Der Cousin von meinem Mann, der hat auch ein Lebensmittelgeschäft gehabt. Der hat alles zurückgehalten. Die Russen haben dann gerüttelt und geschrien: »Aufmachen, aufmachen, Ware hergeben.« Den haben sie dann gestürmt. Er ist dann weggelaufen und hat sich aufgehängt.

Wir haben die Leute versorgen können

Bald ist dann mein Vater wieder gekommen. Wir haben ja nicht gewusst, lebt er oder lebt er nicht. Das war eine Begrüßung. Dann sind wir schon nicht mehr in den Keller gegangen. Mein Vater hat Tschechisch, Ungarisch, Polnisch können. Das war damals sehr gut. Ich habe so gute Eltern gehabt. Die waren in Stammersdorf. Die haben zu den Bauern Verbindungen gehabt. Mein Vater ist manchmal sogar mit einem russischen Lastwagen gekommen, mit der Ware. Es ist eigentlich gut gegangen. Wir haben die Leute versorgen können.

Im Lazarett gearbeitet und gekocht

Meine Mutter und das Kinderfräulein haben ins Lazarett arbeiten gehen müssen. Vis-a-vis von der Schule. Wir haben einen Schlagbaum gehabt. Da ist der Stalin gehangen. Da ist ein Russe ins Geschäft reingekommen. Der war ganz anständig. Er hat gesagt: »Du mir Zwiebel schälen.« Die haben schon ein bisschen Deutsch gesprochen. Und viel Ungarisch. Und ich habe Ungarisch gekonnt. Jetzt habe ich mich mit dem ungarisch unterhalten. Wir haben uns gut unterhalten können. Ich habe bei uns Zwiebel geschnitten. Und Knoblauch. Alle Tage. Bei uns hat's gestunken.

Selbstmorde

Was uns sehr getroffen hat, war die Familie Felzmann. Die war mit der Familie Weiss sehr gut. Eines Tages hört die Mama, dass sich die Familie Felzmann erschossen hat. Alle vier tot. Die zwei Kinder und die Eltern. Dann die Familie Kröcker. Die haben sechs Kinder gehabt. Das war eine evangelische Pfarrerfamilie. Das waren die Tragödien. Aber wir haben nichts machen können. Das Leben geht weiter.

Heute

Das Geschäft in Purkersdorf ist heute ja ganz anders. Mein Sohn hat jetzt die Eisenwaren. Wir haben früher Textilien gehabt. So verbring ich halt mein Leben. Und mit dem Putzen. Das ist meine Glückseligkeit, wenn ich alles schön habe. Ich kann nicht sitzen, wenn ich dort ein Trumm liegen habe oder dort was schmutzig ist. Ich habe das von zu Hause so gelernt.

»Wir waren richtig begeistert«

Hans Wohlmuth

Johann Franz Leopold Wohlmuth, eigentlich heiße ich immer Hansi. Geboren 1924. Meine Großeltern und Urgroßeltern sind aus Budapest gekommen. Der Erste war Kerkermeister. Der Zweite war Foltermeister. Der Dritte war Kellermeister. Und dann waren sie in der Fleischbranche. Sie waren eine Fleischhackerdynastie.

Norbertinum

Der typische Gang, den man in Purkersdorf hatte, war zuerst der Kindergarten. Der war in der Herrengasse, bei der Frau Forster. Die Volksschule in Purkersdorf. Und dann das Norbertinum in Pressbaum. Ich war vier Jahre im Norbertinum, bis 1938. Wie war das Ganze? Im Schulunterreicht wurde schon leicht Großdeutsch gepredigt. Aber kein Nazitum, das haben die Schulbrüder nicht gemacht.

Deutsch geworden

Als der Einmarsch war, ist das ganze deutsch geworden. Wir haben den deutschen Lehrplan gekriegt. Wir sind im Norbertinum umgeschult worden. Schön langsam. Wir haben den Hitler gezeichnet. Es wurde uns das große deutsche Reich eingeimpft. Das war schon irgendwie faszinierend. In der Propaganda haben die wegen der Rüstung keine Arbeitslosen gehabt. Das hat sich rumgesprochen bis herein. Den deutschen Sender hat man immer gehört. Als der Jahrgang aus war, mit Schulende, wurde die Schule aufgelöst. Es war eine ehemalige Waisenanstalt, dann war's eine Schulbrüder-Anstalt, eine Hauptschule von den Schulbrüdern. Die Schulbrüder sind ins Ausland gegangen. Nein, verwiesen eigentlich. Nein, sind weg.

Judenhasser

Man hat ja von den ganzen Judenattacken nichts gewusst. Von dem haben wir komischerweise keine Ahnung gehabt. Oder ist es verdrängt worden? Ich weiß es nicht. So sind wir aufgezogen worden. Der eine Professor, der war ein Judenhasser. Da war dann die Ausstellung »Der ewige Jud«. Ich kann mich noch erinnern, die haben wir gesehen. Aber das kann man nicht sagen. Das ist noch zu verfrüht. Da kommen die Leute nicht mit. Das war uns dann schon spanisch, wie sich das alles entwickelt hat. Im Norbertinum hat's dann auch eine HJ gegeben. Sind die Lieder gesungen worden. Ich war dann extern und habe damit nichts zu tun gehabt. Ich habe keinen Heim-Betrieb mehr gehabt. Unterm Hitler hat's die Deutsche Arbeitsfront gegeben. Da waren die Gymnastikgruppen. Da waren wir auch dabei.

Patriarchalischer Vater

Der Vater war herrschaftsmäßig, patriarchalisch. Der Herr Vater. Man hat nie was gespürt. Es hat keine Beziehung gegeben. Die Mutter konnte ja nicht aus. Ich bin durch das Internat der Familie entzogen worden. Für uns Kinder war im Geschäft nie Zeit. Es wurde dauernd gearbeitet. Ich war im Norbertinum. Ich war dann bildungsmäßig höher als mein Vater. Vielleicht habe ich dann auch heruntergeschaut auf ihn. In der Früh wollte ich immer die Nachrichten hören. Dann bin ich zu spät ins Geschäft gekommen. Und den Kindern habe ich immer Wurstsemmeln gegeben. Dann habe ich es nicht ausgehalten und bin immer wieder davon.

Schulzeit und Lehre

(Manuskript von Hans Wohlmuth, geschrieben 1989)

Meine Eltern waren dauernd in der Fleischbank tätig und hatten kaum Zeit für mich und meine Schwester. So waren wir stets auf Mitzi und Milli, unsere Dienstboten, angewiesen. Mein beliebtestes Spiel war das Meditieren auf dem Dachboden, wo ich mir ein improvisiertes Altärchen aufstellte. Oder das Spielen mit den zwei Hunden, wobei Frigga, die Dogge, mein Liebling war. Mit ihr schlief ich in der großen Hundehütte.

Einmal, des Spielens wegen, ging's in die Hose. Mein Vater band mich an einen Holzpfeiler in greller Sonne. Die Burschen (Gesellen der Fleischhauerei) machten sich über mich lustig und die großen Fleischfliegen umschwirrten mich. Von da an fürchtete ich den Vater. Ein zweites Mal wurde ich in den finsteren Keller gesperrt, von Angst gepeinigt. Jetzt wich ich aus und suchte noch mehr Trost bei Frigga.

Behinderte »weggeräumt«

Meine Eltern haben zwei, drei Dienstmadln gehabt. Die eine hat gekocht, die andere hat die Wirtschaft gemacht. Die haben im Haus gewohnt. Die eine hat dann ein Kind gehabt, das war debil. Das ist ins Heim gekommen. Da hat's geheißen – ich glaube, in Gugging war's –, dass es an Lungenentzündung gestorben ist. Und da haben die Leute gesagt, das Kind haben sie weggeräumt. Da war mir das erste Mal bewusst, dass Behinderte weggeräumt werden. Da bin ich das erste Mal stutzig geworden, dass irgendetwas nicht stimmt. »Unwertes Leben«, wie sie gesagt haben. Sonst eigentlich nichts. Die ganze Geschichte ist eigentlich ruhig vorbeigegangen.

Hitlerjugend

Es ist alles durchorganisiert worden. Dann hat mich ein Freund angeredet: »Du, pass auf, es kommt jetzt die Zwangs-HJ. Geh dazu, dass du eine Ruhe hast.« Ich bin dann dazugegangen. Und dann war ich aber begeistert. Weil ich nämlich keine Kameradschaft gekannt habe. Das Aufmarschieren. Das war natürlich eine herrliche Zeit. Wir haben in der HJ nie auf Partei gedacht, sondern nur auf HJ. Eigentlich ganz wenig, dass einmal einer vom Militär da war und was erzählt hat. Das war nie ausschlaggebend. Wir haben gesungen: »Die Juden kommen ins KZ.« Da hat's so Lieder gegeben. Aber das haben wir nie voll genommen. Das haben wir nie als Vergasung angenommen. Das haben wir damals noch gar nicht gewusst.

Man hat mitgetan

Die Kameradschaft eines Vereines, plötzlich hat man eine Gruppe von Gleichaltrigen gehabt. Ein bisschen ein Gwandl, eine Uniform. Das war was Neues, das hat fasziniert. Man ist dann in die Richtung aufgezogen worden. Man hat das gar nicht mitgekriegt. Wir waren begeistert. Richtig begeistert. Man hat dann mitgetan. Ich habe sogar gesagt, ich rücke freiwillig ein.

Freiheit und Manipulation

Die HJ hat mir eine Freiheit gegeben. Mein Vater wollte zum Beispiel, dass ich mich bei ihm für die Lehrzeit bedanken soll.

Heimatabend der Hitlerjugend, im Purkersdorfer Schloss, 1938

Das waren Sachen, die vor hundert Jahren vielleicht üblich waren. Er war vom alten Schlag. Er war patriarchalisch. Er hat nie ein Auto gehabt. Er ist stecken geblieben. Meine Eltern, die waren mehr kleinbürgerlich. Mein Vater hat immer am Sonntagvormittag gearbeitet. Und da war von der HJ die Morgenfeier angesetzt. Da bin ich einmal heiß geworden und habe gesagt: »Ja, wenn du mich nicht gehen lässt, dann sage ich es dem Bannführer.« Und damit war der Kontakt mit meinem Vater aus. Ich war im Unterbewusstsein schon so verhetzt. Nicht verhetzt, wie sagt man denn? So manipuliert.

Wirtschaftsschule

Nach 1938 habe ich Fleischhackerei lernen müssen. Aber das habe ich nicht ausgehalten. Ich bin von zu Hause davongerannt. Ich bin zwei Jahre lang, von 1939 bis 1941, in die Wirtschaftsschule in der Akademiestraße gegangen. Wir haben in der Wirtschaftsschule den Auftrag gekriegt, einen Schaukasten zu machen mit antijüdischen Sachen. Da habe ich mir den »Stürmer« besorgt und habe Bilder aufgepickt. Aber ohne zu denken. Man hat etwas gemacht, was man gar nicht gewusst hat, was man gar nicht gedacht hat. Oder ist man so infiziert gewesen? Aber ich habe eigentlich nie was mitgekriegt. Ich habe es nicht böse empfunden. Es war eben so.

Reichsarbeitsdienst

Im 41er-Jahr, als die Schule aus war, bin ich kurzfristig als Fleischhackerlehrbub nach Simmering in einen Witwenbetrieb gegangen. Dann hatte ich Urlaub und bin am 17. Februar 1942 eingerückt zum RAD, zum Reichsarbeitsdienst, München, nach Schleißheim. 1942 sind wir dann mit dem RAD in den Krieg gekommen, in das Gebiet Dnjepropetrowsk. Dort haben wir Straßen rolliert, Flugplätze hergerichtet. Zu Weihnachten 1942 waren wir wieder in Purkersdorf zu Hause. Von dort wurde ich 1943 nach Brünn überstellt. Ich war ein Jahr in Brünn.

Krieg

Und nach Brünn sind wir nach Russland gegangen, ins Gebiet von Woichow. Dort wurde ich überstellt zu den Bayern. Ich war bei der 212. Infanteriedivision Bayern-Hochland. Dann kommt der ganze Krieg, die ganzen Kesselschlachten. In Ostpreußen runter, Lettland, Litauen. Dann wurden wir aufgerieben. Wir sind dann frisch aufgestellt worden, in Schiratz in Polen, der Stab und die Nachrichten, als Volksgrenadierdivision.

Männer, Frauen, Zivilisten: Das ist wurscht im Krieg

Einmal habe ich gesehen, wie ein Heustadl angezündet und die Partisanen erschossen wurden. Sicher waren Zivilisten drin. Partisanen waren ja Zivilisten. Männer, Frauen, das ist wurscht im

Krieg. Man hat gewusst, dass dort aus dem Stadl geschossen wird. Da haben sie mit der Leuchtmunition hineingeschossen. Dann ist er brennend worden. Und wir haben da drinnen herumgestierlt, bei den Haaren und alles. Das war uns schon peinlich. Dass der Stadl angezündet worden ist und dass dort Leute drinnen waren, das konnte ich nicht verkraften. Das bleibt lange Zeit. Obwohl wir die eigenen Toten gehabt haben.

Ausgehungert?

Soweit ich Einblick habe, waren sicher keine Sadisten da. Das hat man erst im Nachhinein erfahren. Aber es sollen ja die Franzosen genauso Gfraster gewesen sein. Die Uhren haben ja alle gestohlen, nicht nur die Russen. Im Krieg sind alle gleich gewesen. Aber ausgehungert? Nein. Solange sie Arbeitskräfte waren. Ich habe noch nie was erfahren. Ich habe nie was selber mitgekriegt. Gut, Propaganda ist natürlich von jedem ausgeschlachtet worden. Die Gefangenen sind zur Arbeit eingesetzt worden. Natürlich waren sie körperlich geschwächt. Und durch Krankheit oder was gehen sie dann natürlich drauf. Ja. Aber ich habe noch nie gehört, dass man sie in einem Lager richtig verhungern lassen hat. Gut, im KZ hat man das schon gemacht. Das hat man dann erfahren, dass sie sie in die Hungerbunker gesteckt haben. Aber an der Front selber, nein. Ich kann mich nicht erinnern.

Kameradschaft

Dass ich beim Militär begeistert dabei war, das ist ganz klar. Da hat man Kameradschaft gelernt. Die soldatische Kameradschaft, da ist was dahinter. Die ist unbezahlbar. Wenn einer für den anderen da ist. Das war irgendwie fantastisch. Und das habe ich alles nicht gekannt. Man hat nur die schönen Seiten am Anfang erwischt. Bis auf das Rosserschießen, das mich so getroffen hat. Das war das Einzige, was mir wehgetan hat. Aber sonst war ich verschont von allem. Das Schiache hat man nicht erlebt. Wenn man in den Kesseln eingeschlossen war, hat man das nicht gewusst. In der ersten Zeit. Wir haben nie was Schlechtes gemacht. Man muss nicht alle umbringen. Na gut, ich war dann natürlich irgendwie Soldat.

Wir waren immer anständig

Wir waren in Russland eigentlich immer anständig. Aber wenn dich die Partisanen beschießen, dann haben wir uns natürlich gewehrt. Und dass man natürlich einen Stadl, wo die Partisanen drinnen waren, angezündet hat, das ist natürlich eine Kriegssache. Aber das machen doch alle anderen auch. Deswegen bin ich doch kein Verbrecher. Das deutsche Heer war keine Verbrecherorganisation. Krieg ist Krieg. Nur habe ich dann natürlich, als die Schupfen niedergebrannt ist, die Schädel gefunden, mit den schwarzen Haaren. Das war schon irgendwie ein Eindruck, der einen schon gedrückt hat, damals. Und dass natürlich die Gefangenen … – aber sonst. Zum Beispiel die SS. Mich hat die SS mindestens sechs-, siebenmal herausgehaut. Weil wir in Kesseln waren, in den Sümpfen. Die haben die Waffen gehabt.

Rückzug

Dann haben wir den ganzen Rückzug gemacht. Nicht nur einmal, sondern viermal, weil ich bei den Nachrichten war. Zuerst Leitungen vorlegen, Leitungen zurücklegen, Leitungen abbauen, Leitungen vorräumen. Wir sind dann nach Luxemburg gegangen. Dort haben wir zuerst die Amerikaner zurückgehaut und dann ist uns das Benzin ausgegangen. In der Schnee-Eifel habe ich mir die Füße erfroren, weil ich als Botschafter alleine vorne gelegen bin.

Juden in Purkersdorf

Wir haben ein paar Juden gehabt in Purkersdorf. Kleine Juden. So kleine Greißler. Die Frauen waren wunderschöne Mädchen. Da haben wir die Siegmet gehabt. Und eben den Blaschek. Der Blaschek war der kleine Greißler in der Wiener Straße, wo heute die Buchhandlung drinnen ist. Der hat vom Ersten Weltkrieg die große Silberne gehabt. Sie war die Koschere und er ist mit dem Matzka Franzl in die Schupfen gegangen und hat das Schinkenbein abgenagt. Wenn sie nicht da war. Das war die Zeit, wo die Schuldenbüchl waren: 1933/34. Da hat er die ganzen Leute mit dem Schuldenbüchl aufgefüttert, erhalten.

»Du Saujud, du«

Der eine, der am meisten Wirbel gemacht hat, der ist dann hineingegangen und hat alles zusammengehaut und gesagt: »Du Saujud, du.« Und der hat ihn die ganze Zeit über aufgefüttert gehabt. Das hat ihm wehgetan, damals. Und als sie ihn dann abgeholt haben, hat sich die Junge, die Tochter, aufgeregt. Dann haben sie sie gleich mitgenommen. Die meisten sind ins KZ gegangen. In ein Arbeitslager oder was. Oder vergast. Das weiß man nicht mehr. Geredet hat man nichts. Das wurde weggesteckt. Nichts hat man geredet. Man hat sich gewundert. Es hat einem irgendwie Leid getan. Der Sohn vom Blaschek ist heute in England. Der war vor zwei Jahren da und wollte Wiedergutmachung haben von der Gemeinde.

Geschäfte ausgeräumt

Die Wohnungen und die Häuser haben sie arisiert. Der Blaschek war Mieter beim Matzka. Das hat dem Matzka immer schon gehört. Und die anderen, die in der Gassen draußen, das ist dann verkauft worden. Es ist niemals einer reich geworden von den Juden in Purkersdorf. Es waren nur ganz kleine Juden da. Auch die Prominenz hat die Geschäfte ausgeräumt. Und dann zwei verschiedene Schuhe gehabt. Auch das gibt's. Aber man konnte nicht viel reden.

Versammlung der illegalen SA

Vier Tage vor dem Einmarsch haben sie da im Schloss die Versammlung gehabt. Die ganze SA von Purkersdorf. Da sind auch die Fotografien da. Oder beim Dollfuß-Putsch war der Graf dabei. Der war dann in Österreich eingesperrt. Als Nazi. Beim Ständestaat. Aber so hat es sich nicht ausgewirkt in Purkersdorf. Purkersdorf ist ja immer eine Wechselgruppe gewesen: Rot – Schwarz – Rot – Schwarz.

Nennen wir es halt einen Irrtum

Unser Geschäft haben sie gleich Anfang 1938 in der Früh mit Kalch angeschmiert: »Jud – Jud – Jud.« Ich bin mit dem Autobus in die Schule gefahren. Hat der Vater die Dokumente geholt, ist auf die Partei runtergegangen und hat das vorgelegt. Dass wir von der ungarischen Seite sind. Da war dann alles erledigt. Das ist dann abgewaschen worden und aus. Ich habe eigentlich nie einen Schock mitgekriegt. Ich wusste ja gar nicht, was ein Jud ist. Damals, im 38er-Jahr. Ich war nie bös. Nennen wir es halt einen Irrtum. Aber dass wir auf der Kippe waren? Ich kann mir gar nicht vorstellen, wie das ist.

Es ist nie was geredet worden

Etwas, was ganz komisch ist, was kaum wer glaubt: Von den Judensachen haben wir nichts gewusst. Wir haben gesagt: »Der Jud kommt ins KZ.« Aber dass systematisch die Juden umgebracht werden, das haben wir nicht mitgekriegt. Nicht einmal verdrängt, weil wir es gar nicht gewusst haben. Ich habe eine Fotografie, wo ein paar deportierte Juden sind. Da haben wir gesagt, die kommen ins Arbeitslager. Arbeitslager haben wir gewusst. Aber die systematische Vernichtung haben wir gar nicht mitgekriegt. Auch wenn wir es wollen hätten. Wir haben nie was gehört. Das kann ja gar nicht sein. Die Mutter hat ja nichts geredet. Die haben ja das versteckt. Es ist nie was geredet worden. Die sind geschockt. Noch immer. Die sind geschockt und haben es vergessen.

Vergasungen

Ich habe das Gefühl, das wurde verdrängt. Aber wie verdrängt, weiß ich nicht mehr. Wir haben gesungen: »Die Juden kommen nach Dachau, die müssen arbeiten.« Und wenn irgendwie das Wort gefallen wäre – nein, es ist nicht gefallen – von Vergasungen. Wir haben vom Vergasen eigentlich nichts gewusst. Ich habe nur gewusst, dass sie ins Konzentrationslager gehen müssen, arbeiten müssen. Aber davon, dass man sie systematisch, sagen wir, ausrottet, wurde nichts gesprochen.

Bewacher in Mauthausen

Mein Vater war zum Beispiel Bewacher in Mauthausen. Als die Deutschen abgezogen sind, haben sie 1945 die Wiener Feuerwehr, den SAD, zur Bewachung nach Mauthausen abkommandiert. Er hat nie darüber geredet. Er hat nur gesagt: »Als die Amerikaner kamen und uns hoppnehmen wollten, sind die ganzen Häftlinge gekommen und haben gesagt: ›Das sind die Falschen. Die müssts auslassen.‹«

Eine Bewachung gehört her

Umgekehrt: Ein ganzes Häftlingslager plötzlich auszulassen, das könnte man gar nicht verantworten. Eine Bewachung gehört her. Nicht im bösen Sinn. Aber das gehört organisiert, das gehört bewacht. Man kann nicht plötzlich ein Lager auflassen und die kommen alle raus und rennen in die Wirtschaft hinein. Diese Verhungerten und Gequälten. Die kann man nicht auf die Leute loslassen. Ich kann heute nicht in Stein die Tore aufmachen und sagen: »Gehts alle raus.«

In amerikanischer Gefangenschaft

In Ulm bin ich dann in amerikanische Gefangenschaft gekommen. 30.000 in einem Lager. Bewacht von Negern. Außen war dann noch ein anderer Bewachungsring. Die Neger haben gesagt: »Ihr seits da eingesperrt, wir sind da eingesperrt.« In der Gefangenschaft haben sie die großen Plakate aufgehängt, vom KZ und alles. Das war natürlich ein Schock. Wir haben ja nichts gewusst davon. Man kann ja nicht alle da hineinstecken. Obwohl die Österreicher die größeren Gfraster waren als die Deutschen. Dann haben sie die ganzen Deutschen entlassen. Ich bin als Letzter entlassen worden. Ich habe mich nach Linz entlassen lassen und bin dann zu Fuß an die Grenze nach Valentin und von dort mit einem Russen über die Donau und mit dem Zug heruntergefahren. Das war der erste Zug, der überhaupt heruntergegangen ist.

Das Ende des Reiches nicht ertragen

Die, die früher noch an das Reich geglaubt haben, die konnten das Desaster nicht vertragen. Jetzt war natürlich die Panik da. Hauptsächlich vom Dorfinger-Haus. Da haben sich alle Frauen die Adern aufgeschnitten. Der Barker, der Tierarzt, Nazi, ein Monat sogar Bürgermeister, bevor wir nach Wien gekommen sind, hochintelligent, anständig, da gibt's nichts zu sagen, hat sich nie betätigt, politisch. Hat sich erschossen. Oder der Felzmann, der Doktor. Dann die Kröcker. Sie war die Ärztin, er war der evangelische Pastor. Aus Sachsen. Als die Mongolen da waren, waren die Vergewaltigungen. Sie hat das Leid mitgemacht und hat das nicht verkraften können. Hat sie alle Gschrappen mit Blausäure vergiftet und sich am Schluss aufgehängt, weil sie nichts mehr gehabt hat. Der Hessle-Pfarrer hat sie dann eingesegnet und begraben. Das war der Anfang der Ökumene in Purkersdorf. Er hat seinerzeit ein Anerkennungsschreiben von den Evangelischen bekommen. Der Hessle-Pfarrer hat das ganze Archiv der Evangelischen vor den Russen sichergestellt.

Massenpsychose

Wie dann die normalen Truppen gekommen sind, die eine Kommandantur gehabt haben, dann war natürlich eine Ruhe. Dann waren die Russen beliebt bei den Kindern. Die haben uns ja verhätschelt. Die haben viel übergehabt für die Kinder. Aber das waren die Kampfgruppen. Die, die einen deutschnationalen Glauben gehabt haben, die haben das nicht verkraftet. Das war eine Massenpsychose. Die haben sich alle aufgehängt. Eine ganze Menge hat sich da umgebracht. Es war eben Krieg. Dann ist eh Ruhe eingekehrt.

Der Traum vom großen Reich

Man sagt, der Steinböck war ein bisserl ein Fanatiker. Aber ich selber habe da nie etwas erlebt. Die waren Anhänger von der Partei und vom Traum von einem Reich, vom großen Reich. Die waren damals angesteckt. Oder vielleicht überzeugt davon. Wenn der Hitler die England-Juden in Ruhe gelassen hätte, hätte sich eh die Welt geändert. Wenn der mit den Juden nicht anfängt. Aber sonst. Aber gut, ich habe ja die Zeit nicht erlebt. Ich kann sie ja nicht erleben. Weil 1938 war ich in der Wirtschaftsschule. Konnte ich ja nicht hinaus. Und nach der Wirtschaftsschule bin ich nach Simmering gegangen. Ich habe nie was erlebt von extremen Sachen. Ich könnte auch niemanden verurteilen.

Noch infiziert

Aber gut, ich schaue natürlich das Ganze irgendwie anders an, weil man doch noch etwas infiziert ist. Man ist vom Gedanken eines großen Reiches noch infiziert. Das kriegt man nicht weg. Natürlich bin ich jetzt Bayern-Fan, weil ich eineinhalb Jahre mit Bayern eingerückt war. Aber bös sein? Ich habe eigentlich nur schöne Seiten erlebt. Niemals was Schlechtes.

Hängen geblieben ist schon etwas

Aber hängen geblieben ist von der Hitlerzeit schon etwas. Man hat das Problem Arbeitslose anders angeschaut. Dann diese ganze Schickeria. Selbst die Madln haben anders ausgeschaut. Mit langen Haaren oder Zöpfen. Es war irgendwie nicht so vergammelt, wie sie heute in der Disco sind. Diesen Unterschied spüre ich schon. Aber da brauche ich kein Parteifreund sein. Aber der Traum vom großen Reich, der ist weg. Der ist vollkommen weg. Das ist vielleicht ein Nachhängsel von der Hitlerzeit. Was geblieben ist. Ich habe es ja nur von der schönen Seiten erwischt. Vom Heimatabend, vom Spielen und Musizieren und Singen.

Das erfasst noch keiner

Dass man nach der Zeit natürlich politisch schwimmt, ist ganz klar. Bis man herüberkommt. Und jetzt wird man ganz neutral. Jetzt hat man keine Hoffnung mehr auf etwas Gescheites. Die, die selber überzeugte Nazi waren, müssen zugeben, dass sie sich geirrt haben. Die sind durch die Propaganda verhetzt worden oder eingetrichtert worden. Oder vielleicht haben sie Arbeit wollen. Und wegen dem Arbeitsplatz macht man auch alles, was geht.

Das kommt erst jetzt herauf

Begebenheiten vom Krieg, die kommen erst jetzt heraus. Nach 50 Jahren kommt das erst herauf. Das lebt erst jetzt wieder auf. Dafür vergisst man das, was gestern war. Alles, was man so im Krieg erlebt, das rennt auf und rennt ab. Die Zeit um 1945, die Bewältigung: Das erfasst bis jetzt noch keiner. Die einen trauen sich nicht zu reden und die anderen trauen sich nichts tun. Aber warum sollte ich eigentlich nicht reden?

Neuanfang

Nach dem Krieg, als bei uns die Kirchenglocke gegossen wurde, hat man das erste Mal wieder das Gefühl gekriegt, wir sind wieder Österreich. Als die Pummerin durchgefahren ist, da war wieder der Österreich-Aufschwung da. Da habe ich gedacht, es ist doch was dran. Österreich war dann wieder aktiv. Man war wieder stolz, dass wir Österreich sind. Aber das hat lange gedauert.

Purkersdorfer Feuerwehr

In Purkersdorf hat man dann wieder angefangen. Man ist zur Feuerwehr gegangen. Die haben wir dann aufgebaut. Wir haben Holz bekommen vom Gemeindewald. Das ist verkauft worden in das Waldviertel. Mit dem Geld haben wir Wein gekauft. Und den haben wir dann in Purkersdorf verkauft und versoffen. Mit dem Wein haben wir die Räder für das Feuerwehrauto gekauft. Es hat in Purkersdorf nur ein Auto mit Rädern gegeben, das war der Leichenwagen. Alles andere war abmontiert.

Keltensiedlung am Georgenberg

Die Keltensiedlung am Georgenberg, das habe ich schon lange gewusst. Einfach durch den Namen. Die Kelten haben einen Gott gehabt, der wurde mit Pferd und Reiter dargestellt. Und wo dieser eine Gott war, haben sie beim Christianisieren einen Georg daraus gemacht. Überall, wo eine Georgskirche ist, kann man verfolgen, dass Kelten dort gesessen sind. Ich habe schon vor ein paar Jahren darüber ein Gedicht gemacht. Aber es ist kein Geld für Ausgrabungen da. Und ich stehe auf dem Standpunkt, was 3000 Jahre im Boden ist, kann die paar Jahre, bis Geld da ist, auch noch warten. Aber einer ist mit dieser Geschichte ins Fernsehen gegangen. Und die Leute sind ganz narrisch geworden und haben gefragt, wo der Weg zur Keltensiedlung geht, und sind Scherben suchen gegangen.

Das römische Archiv

Der Gründer von Purkersdorf war nicht der Adalbert, sondern der Burkhardt von Laabach. Laabach ist Gablitz, der ist da über Sieghartskirchen heruntergekommen. Die Gründe hier haben dem Kloster Ebersberg gehört. Da waren weder Passauer noch Freisinger. Der römische Wehrturm, der war in Purkersdorf schon da. Der Burkhardt, der hat dann das Schloss bauen lassen. Im Gemeindegasthaus, unten beim Ullmann, haben sie ein Archiv entdeckt. So 1924. Der Notar Hannreich. Der hat im Keller unten einen römischen Stein in einer Nische entdeckt. Der hat den Stein herausgehoben. Und dahinter war ein Archiv. Ein Archiv mit allen Dokumenten. Der Notar nimmt eine Tafel mit, fährt nach Wien ins Museum. Der, der fürs Aufräumen zuständig war, der hat alles ausgeweißelt. Und weil er nicht lesen konnte, hat er die alten Sachen alle verbrannt. Bis 1924 hätten wir also ein Archiv gehabt, das weit zurückreicht. Die eine römische Tafel ist in Wien. Die Troppbergwarte heißt Alexander-Kendel-Warte. Dieser Kendel hat das Archiv verbrannt.

Heimatmuseum

Ich habe dann aufgehört bei der Feuerwehr, bei der Rettung. Und ich habe dann gemeinsam mit dem Franz Matzka das Heimatmuseum gemacht. Als der Franz gestorben ist, habe ich das Museum übernommen. Das mache ich heute noch. Ich nehme beim Museum nichts für mich. Ich habe mit dem Geld die Bilder der Bürgermeister machen lassen. Aber natürlich: Räume herrichten oder Vitrinen kaufen, dafür reicht das Geld nicht. Ich versuche das Zeug, das da ist, zu erhalten. Und das Wissen weiterzugeben. Wenn jemand ins Museum kommt, befasse ich mich mit jedem.

Die haben mich anerkannt

Da kommen Schulen. Die Kinder haben mich anerkannt. Das hat mich gefreut. Ideal wäre natürlich, wenn ich vorne die alte Post haben könnte. Wenn wir wirklich am Georgenberg fündig werden. Wenn wir die Siedlung dort aufschließen können, dann macht doch der ganze Ort einen Gewinn. Da müssten die Hotellerie und die Wirte einsteigen.

Rupert Herzog-Löw

geboren 1958 in Salzburg
Studium der Zeitgeschichte und der Wirtschafts- und Sozialgeschichte in Wien und Salzburg
Witwer, eine Tochter
1992 - 2002 wohnhaft in Purkersdorf
heute als Mediator und Historiker in Linz tätig

publication *PN°1*
Bibliothek der Provinz

Verlag für Literatur, Kunst und Musikalien